별의 목소리

The voices of a distant star

일러두기

본문 중 작은 글씨의 주석은 옮긴이가 표기한 것입니다.

등장인물 표기는 애니메이션의 것을 기준으로 하였으며 그 외 외래어 표기는 국립국어원 외래표기법을 따랐습니다.

관용적인 표기는 그대로 적용하였습니다.

별의 목소리

The voices of a distant star

신카이 마코토 원작
오바 와쿠 지음 · 김효진 옮김

대원씨아이

차
례

난 말이야 그리운 것들이 참 많아
여름날의 구름이라든지 차가운 비라든지
가을바람 냄새라든지 봄의 보드라운 흙의
감촉이라든지
깊은 밤 편의점이 주는 안도감이라든지
방과 후의 서늘한 공기라든지
칠판지우개 냄새라든지
한밤중 트럭이 멀어지는 소리라든지
노보루 난 말이야 그런 것들을
오래오래 함께
느끼고 싶었어

남들 눈에는 하찮아 보여도 본인에게는 소중한 물건이 있다.

그만하면 버려도 될 만큼 오래 써서 벌써 오래 전 현역에서 물러났을 법한 물건이라도 본인에게는 차마 버릴 수 없는 추억이 가득한, 다른 어떤 것도 대신할 수 없는 유일무이한 보물.

내게는 이 낡은 휴대전화가 그런 소중한 보물이다. 십수 년 전 모델로, 아마 지금은 전국을 다 뒤져도 사용자를 찾기 힘들 것이다. 유효 수명도 한참 지났을 터였다.

최근 2년 정도는 사용한 기억이 없고, 작동이 되는지조차 의심스럽다. 지금은 그저 부적처럼 지니고 다닌다. 쓸 일이 없어졌기 때문이다. 하지만 전에는 이 휴대전화로 믿기지 않을 만큼 먼 곳에서 발신된, 소중한 사람의 메시지를 몇 통이나 받고 또 받았다. 그 안에 가득한 것은, 그 소중한 사람과의 씁쓸하고도 안타까운 추억이다.

내 이름은 테라오 노보루, 27세, 통신 기술자. 우주에서 일하고 있다.

2046년 7월

방과 후

그날 나는 나가미네가 평소와 달랐던 것을 전혀 눈치 채지 못했다.

아니, 변명처럼 들릴지 모르겠지만 적어도 방과 후 여느 때처럼 계단참에 숨어 나를 기다리던 나가미네의 모습에서 특별히 이상한 점은 느껴지지 않았다.

그래, 돌이켜보면 평소보다 미묘하게 기분이 좋았던 것 같기도 하다. 나가미네 미카코는 온순한 성격에 키가 작은 편이고 반에서 1, 2위를 다툴 정도의 미인도 아닌, 그다지 눈에 잘 띄지 않는 존재이다. 하지만 보기와 달리 야무진 면이 있다는 것은, 꼬박 2년을 같은 검도부에서 수련하는 모습을 지켜봐온 내가 누구보다 잘 알고 있다.

습득력이 좋은 편은 아니었지만 지독한 연습 벌레였기

때문에 금세 실력이 늘었다. 다른 여자 부원들이 고된 수련과 냉동고처럼 꽁꽁 어는 겨울철의 체육관 바닥을 견디지 못하고 2년 차 봄이 오기 전에 줄줄이 그만두는데도 나가미네는 우는소리 한 번 않고 꿋꿋이 버텼다.

그런 보람이 있었는지 나가미네는 2학년 2학기부터 부부장을 맡게 되었다. 사실, 검도부 고문의 지명으로 마지못해 부장을 맡은 나보다 나가미네가 더 높은 평가를 받아야 마땅했다.

말이 부부장이지 나가미네는 매니저나 다름없이 남자 부원들의 뒤치다꺼리를 도맡아 했다. 마지막까지 남은 여자 부원은 나가미네뿐이었다. 신입 부원을 포함해도 단체전에 참가할 수 있는 인원수를 채우지 못했기 때문에 나가미네는 공식전에서 실력을 발휘할 기회도 얻지 못했다.

힘든 일만 떠맡게 된 나가미네에게는 미안하게 생각한다. '어쩌라고! 너희들끼리 알아서 해!'라며 왈칵 성을 내고 땀 냄새 풀풀 나는 빨래더미를 내팽개쳐도, 내게 탈퇴신청서를 집어던지며 홱 하고 나가버려도 이상하지 않을 텐데 나가미네는 불평 한 마디 하지 않고 검도부를 위해 애썼다.

말로 표현한 적은 없지만, 감사하고 있다.

정말 고맙게 생각한다. 말로 하지 못한 것은, 어쩐지 쑥스럽기도 하고 막상 나가미네와 둘만 있게 되면 굳이 그런 진지한 이야기를 꺼낼 필요도 없을 것 같아서였다.

나가미네와 어려운 대화는 하지 않았다. 그날 학교에서 있었던 일, 어제 본 드라마 내용 같은 소소한 이야기를 주로 내가 일방적으로 들어주는 식이었다. 그렇다고 그게 힘들다는 말은 아니다. 다른 여학생들이 어떤지는 잘 모르겠지만, 나가미네가 그리 수다스러운 편은 아니라고 생각한다. 오히려 말수가 적은 편일지 모른다. 그렇지 않았다면 계단참에서 기다리는 나가미네의 잠복에 매번 얼빠진 얼굴로 걸려들지는 않았을 것이다.

그러고 보니 그날 나가미네는 여느 때보다 수다스러웠던 것 같다.

그 와중에도 무언가로부터 내 관심을 돌리려는 듯이 정신없이 화제를 바꿨다.

나가미네는 활짝 열어젖힌 창으로 한낮의 햇빛이 가득

쏟아지던 계단참에 살짝 기대서서 영어 보충수업을 마치고 터덜터덜 내려오는 나를 기다리고 있었다.

"노보루, 기말시험은 어땠어?"

나가미네가 들뜬 목소리로 물었다.

"보충 과목 빼곤 그럭저럭……. 너는?"

"나야, 완벽하지."

"그럼, 갈 수 있는 건가?"

"같은 고등학교."

나가미네가 기쁜 듯 말하더니 이내 "아, 아마도……" 라며 자신 없는 목소리로 덧붙였다.

내가 걱정스러워서 하는 말로 받아들인 나는 조금 울컥했지만 귀담아듣지 않기로 했다.

성적이 들쑥날쑥한 나와 달리 나가미네의 성적은 안정적이었다. 눈이 휘둥그레질 만큼 뛰어난 성적은 아니었지만, 크게 떨어지는 경우도 드물었다. 검도부 활동 때문에 공부할 시간도 없었을 텐데 저래봬도 실전에서의 집중력은 뛰어난 것 같다.

이대로라면 나가미네는 목표인 조호쿠 고등학교에 쉽게

합격할 수 있을 것이다. 같은 고등학교에 가기 위해, 기를 쓰고 공부해야 할 쪽은 나였다. 솔직히 조금 불안했다.

나가미네와 나란히 계단을 내려와 교정 뒤편에 있는 자전거 보관소로 향했다.

나는 걸으면서 고등학교 교복을 입은 나가미네의 모습을 상상했다. 조호쿠 고등학교는 성적으로 따지면 학구 내에서 두 번째로 꼽힐 만큼 진학률이 높고 지명도 면에서도 최고의 전통을 자랑하는 유서 깊은 고등학교로 대략 2, 3년 전쯤 창립 150주년을 맞았던 것으로 기억한다.

그래서인지 교정부터 교칙까지 하나같이 낡았다. 교복도 예외가 아닌데, 언제부터인지는 몰라도 21세기의 반환점이 코앞에 다가온 현재까지도 남학생은 스탠드칼라, 여학생은 세일러복이란 차림을 고수하고 있다. 하기야 조호쿠 고등학교만 옛날 그대로인 것은 아니다. 예의 타르시안 쇼크의 여파가 가시지 않은 탓이다…….

사실, 타르시안 쇼크가 내게 무슨 큰 의미가 있는 것은 아니다.

철들 무렵부터 세상은 그런 체제였으니까.

지방과 국가의 예산은 대부분 타르시안 관련 사업에 집중되고, 공공사업에 돌아가는 예산은 쥐꼬리만 한 보수비 정도. 도로, 다리, 철도, 버스 노선이며 학교, 병원, 경찰서, 소방서도 전부 옛날 그대로이다. 시간이 멈춘 듯 최근 5, 6년 동안 거리 풍경에 변화가 없다. 소위, 국가 총동원체제가 가동되었기 때문인데, 그런 상태가 당연해지다보니, 별다른 불편도 느끼지 않게 되었다.

또 이야기가 옆길로 새고 말았다.

문제는 나가미네의 세일러복이다.

세일러복이 어울릴까?

좀처럼 상상할 수 없었다.

1년 후, 열다섯 살의 나가미네. 키는 많이 컸을까?

아니면 지금 그대로일까?

자전거 통학이 허락되는 것은, 거리가 먼 일부 구역에 사는 학생과 오전 연습이 있는 부원에 한해서이다.

규정대로라면 나는 더 이상 자전거를 타고 오면 안 되지만, 개의치 않았다. 그런 면에서 나가미네는 올곧다고 할까, 융통성이 없다. 후배에게 부부장직을 넘긴 다음날부터 바로 걸어서 등교했다. 그 덕분에 나가미네와 집에 갈 때는 나도 자전거를 끌고 걸어가야 했다. 태워준다고 해도 학교 근처에서는 절대 타지 않았다.

나가미네의 보폭에 맞춰 시시껄렁한 잡담을 주고받으며 그것도 모자라 샛길로 빠지기도 한다. 일분일초가 소중한 수험생으로서 무슨 낭비일까 싶지만 실은 꽤 즐기고 있다.

자전거를 끌고 교정으로 나왔다.

운동장에서는 축구 부원들이 고함을 지르며 공을 쫓고 있었다. 해가 기울도록 열기는 식을 줄을 몰랐다. 바짝 마른 지면에서 아지랑이가 피어올라 축구 부원들을 에워쌌다.

열기의 소용돌이에 휩싸여 녹아내리는 치즈처럼, 경기 중인 선수들 모두가 일그러져 보였다. 선수들의 날렵한 움직임이 마치 슬로모션 화면을 보는 것처럼 느리게 느껴졌다.

이러다 다 같이 치즈가 될 것 같아, 교정 가장자리에 늘어선 나무 그늘을 따라 교문으로 향했다. 나가미네가 쉬지 않고 떠들었다. 하지만 나가미네의 목소리도 열기에 녹아

버린 것처럼 귀에 닿기도 전에 말로서의 형체를 잃고 말았다.

찌는 듯한 더위에도 아랑곳 않고 떠들어대는 나가미네의 이야기에 나는 간신히 장단을 맞추고 있었다. 그때 나가미네의 목소리도, 축구 부원들의 고함 소리와도 명백히 다른 음역의 소리가 고막을 뚫고 들어왔다.

온몸을 뒤흔드는, 무겁고 낮은 소리.

하늘을 찢는 듯한 소리가 온 대지를 뒤흔들었다. 공을 쫓던 축구 부원들도 발을 멈추고, 누가 먼저랄 것도 없이 하늘을 올려다보았다.

"어!"

이끌리듯 하늘을 올려다본 나는, 얼빠진 탄성을 내뱉고 말았다.

그것은 탁 트인 푸른 하늘에 두둥실 떠 있는 조그마한 구름 조각처럼 보였다.

"우주선……."

어느새 나가미네도 눈부신 듯 하늘을 올려다보고 있었다.

"코스모너트(항성간 우주전함) 리시테아 호……. 국제연합 우주군의 신예함이야…….”

새하얗고 매끈하며 우아한 곡선이 돋보이는 외관은, 강철 구조물이라기보다 유연한 바다 생물을 떠올리게 했다.

아광속(亞光速) 운항을 실현한 꿈의 우주선이, 대기권 안에서 여봐란듯이 느긋하고 우아하게 비행하고 있었다.

2, 3주 전 쯤, 리시테아 호가 대원 모집 캠페인의 일환으로 일본에 왔다는 뉴스를 본 적이 있다. 하지만 어딘지 모를 항공우주 자위대 기지에 기항(寄港)한 채 매스컴에도 모습을 드러내지 않았던 리시테아 호를 아무 예고도 없이 눈앞에서 보게 되다니, 솔직히 놀랐다.

어쩌면 선발 심사는 기지 안에서 이루어진 것이 아닐까?

실물을 직접 보면, 지원자들의 의욕과 사기도 한층 높아질 테니 말이다. 다만, 내가 의아한 것은 일반 공모라고 선전하면서 모집 방법이나 심사 기준에 대해서는 일절 밝히지 않은 점이다. 선발 대원에 대해 내가 아는 유일한 정보는, 일본인 모집 인원 정도이다. 타르시안 프로젝트에 출자한 금액을 비례 배분해, 총 1천 명의 모집 인원 중 220명을 일본인 대원으로 선발할 예정이라고 했다.

"리시테아 호가 비행 중이라는 건, 벌써 심사가 끝났단 걸까?"

리시테아 호는 특히, 같은 반 남학생들 사이에서 화제였다.

단순히 그 웅장한 모습에 매료되어 무작정 지원하고 싶어 하는 아이들도 여럿 있었다. 아무리 선발 기준을 확실히 밝히지 않았다지만 중학생까지 그 범주에 들어갈 리 없는데도 말이다.

물론 혈기 왕성한 중학생들에게 우주선 조종사는 동경의 대상이었다. 하물며 국가의 위신을 짊어진 우주군으로 뽑힌다는 것은 더없는 명예였다. 대우 면에서도 인기 아이돌 수준의 연봉이 보장된다는 그럴듯한 소문까지 들려올 정도였으니 지원자가 쇄도할 만하다.

하지만 왜 굳이 일반 공모를 한 것일까?

1천 명 규모의 탐사대라고는 해도, 국제연합 우주군에 편제된 각국 우주군에서 전문 인력을 투입하면 그 정도는 금방 달성할 수 있는 숫자가 아닐까.

하기야 타르시안 프로젝트에 관한 의문점이 한둘도 아니고, 일개 중학생이 의문을 품어봤자 아무런 답도 얻지 못하리라는 것쯤은 나도 안다…….

"대충 계산하면, 각 현에서 네다섯 명쯤 뽑힌다는 말인데. 어쩌면 우리 동네에서도 한 명쯤 뽑혔을까……."

그 한 명이 되는 것이 행운일지, 불행일지 솔직히 나는 잘 모르겠다.

나가미네를 돌아보자 "응" 하고 긍정도 부정도 아닌 애매한 대답을 하더니 고개를 숙였다.

"참, 나가미네는 이런 이야기 관심 없지."

어색한 분위기를 깨달은 나는 얼버무리듯 서둘러 화제를 바꾸었다.

"오늘도 그 편의점에 들를까?"

"응, 그러자."

교문을 나와, 한동안 겉도는 듯한 대화가 이어졌다.

리시테아 호에 관한 화제를 피하려고, 걷는 내내 일부러 하늘을 올려다보지 않았다.

JR선의 건널목 앞에서 차단기가 내려와 걸음을 멈추었

다. 사방에서 들려오는 매미 울음소리. 거기에 땡땡 요란하게 울리는 차단기 소리가 겹쳐졌다.

가뜩이나 더운 날씨를 더 덥게 만드는, 날카로운 소리들의 경연. 아니, 하나가 더 있었다.

머리 위에서 들려오는 중저음. 올려다보려던 참에 철로를 통과하는 화물 열차가 시야를 가로막았다. 철컹철컹, 철컹철컹. 다시 밝아진 눈앞에 리시테아 호가 있었다. 조금 전보다 고도를 크게 낮춘 상태였다. 과연 고도가 얼마나 될까. 거리가 가늠이 안 되었다. 그래도 아직 꽤 높은 고도로 날고 있는 듯, 훨씬 커지기는 했지만 아직 필통만 한 크기로 보일 뿐이었다.

고도를 높였다 낮췄다 하는 것은 훈련 비행인가?

각지에서 선발된 대원을 데려가려고 전국을 순회 중인가?

"가자."

나가미네가 셔츠 소매를 잡아당겼다.

어느새 차단기가 올라가고 경보음도 멎어 있었다.

방과 후, 중학생이 샛길로 빠져서 가는 곳이라야 뻔하다. 부 활동 후의 시장기를 달래주는 편의점도 중학생들에게는 몇 안 되는 성지 중 하나였다. 늘 같은 시간대, 같은 편의점. 계산대 앞에 늘어선 낯익은 얼굴들의 행렬. 시끌벅적하게 떠드는 소리. 하지만 부 활동을 그만두자 그런 어수선한 분위기가 신경에 거슬렸다. 그래서 우리는 일부러 통학로를 조금 벗어난 편의점에 들르게 되었다.

하교 시간은 한참 지났지만, 부 활동이 끝나기까지는 아직 여유가 있는 미묘한 시간대. 손님이 적고 조용해서 아는 얼굴을 마주칠 일도 없다. 약간의 죄의식과 비밀스러운 해방감이 더없이 좋았다.

우리는 천천히 편의점을 한 바퀴 돌고 선 채로 만화 잡지를 읽으며 한숨 돌리다 다시 한 바퀴 돌며 신중하게 먹을 것을 골랐다. 부 활동을 그만두면서 늘 허기진 상태에서 벗어난 우리가 사는 것은, 대개 차가운 주스 한 캔 정도의 소박한 간식이었다.

"어디 갈까?"

편의점을 나와 하늘을 올려다보았다. 잠깐 사이에 리시

테아 호는 자취를 감추었다. 대신 하늘에는 검은 구름이 낮게 드리우고 있었다.

"버스 정류장으로 갈까?"

"응, 가자."

우리가 향한 곳은 '계단 위'라는 버스 정류장.

도중에 하늘이 심상치 않더니, 갑자기 밤이 찾아온 듯 주위가 어두워지면서 후드득후드득 굵은 빗방울이 떨어졌다.

"빨리 가자!"

바짝 말라 새하얀 가루를 뿌려놓은 것 같던 아스팔트가 금세 검은 점으로 뒤덮였다. 우리는 저녁 소나기를 맞으며 전속력으로 달렸다.

"다 젖었네."

결과적으로, 버스 정류장에서 쉬어가기로 한 것은 잘한 일이었다. 버스 정류장에는 지붕이 달린 오래된 대기소가 있었다. 비를 피하기에는 제격인 장소였다.

지붕 아래로 뛰어든 나가미네는 킥킥 웃으며 벤치에 걸터앉았다. 여전히 숨을 씩씩대며 흠뻑 젖은 신발과 양말을 벗었다. 짧은 교복 치마 밖으로 드러난 여학생의 맨다리는 이미 익숙해져 면역이 되어있을 텐데도, 발가락 끝까지 무방비로 드러난 나가미네의 다리를 코앞에서 보는 것은 처음이라 조금 두근거렸다. 애처로울 만큼 하얗고 처연하리만치 가냘팠다.

먼저 온 손님은 없었다. 우리 두 사람이 버스 정류장을 차지하게 되었다. 말없이 퍼붓는 비를 바라보며 차가운 주스로 갈증 난 목을 축였다.

다른 손님은 오지 않을 것이다. 이곳에서 아무리 기다려 봤자 버스는 오지 않는다. 이 버스 정류장은 수년 전에 노선이 폐지되었다. 버스 회사가 도산한 것은 아니지만, 경영 합리화니 뭐니 하는 이유로 노선을 정리했다. 충격적이었다. 버스도 다니지 않게 되다니. 그래도 꽤 큰 도시라고 생각했는데 말이다.

버스도 다니지 않는데, 무슨 이유에서인지 버스 정류장과 대기소는 남았다.

회사 측에서 철거 비용조차 아끼려고 한 것인지, 길 안내 표시로 쓰려고 근방 주민들이 요청한 것인지 사정은 잘 모르지만, 낮에는 고양이들의 모임 장소로 애용되고 있다는 소문을 들은 적이 있다.

이유야 어쨌든, 여기 있으면 시간이 멈춘 정도를 넘어 심지어 거꾸로 흘러가는 것 같은 착각이 들었다. 어쩌면 정말 이곳만 과거로 되돌아간 것은 아닐까?

"나가미네는 고등학교에 가도 검도 계속 할 거지?"

잦아든 비를 바라보며 내가 물었다.

"글쎄, 모르겠어……."

"실력이 있잖아, 그만두기에는 아까워. 계속 해."

"내가 노보루처럼 큰 활약을 한 것도 아니고, 그만하면 됐지 싶어……."

"그러니까 더 계속했으면 좋겠어. 조호쿠 고등학교는 검도부도 탄탄하고 여자 부원들도 많으니까 틀림없이 활약할 수 있을 거야……."

"별로 눈에 띄고 싶지도 않고……. 중학교 때 충분히 재밌었는데, 뭐……."

"빨래하고 그런 게……?"

"응, 빨래도 하고 응원도 하고. 그보다 노보루는 검도 계속 할 거야?"

"당연하지."

"흠, 실은 나랑 같은 부에 들어가고 싶은 거지?"

나가미네가 장난스럽게 말했다.

"그런 거, 아니거든."

절반은 맞는 말이다. 당황한 내가 얼버무리자 나가미네는 득의양양한 얼굴로 기쁜 듯 웃었다.

비가 갠 마을은 되살아난 듯 평온하게 숨 쉬고 있었다.

나가미네를 뒤에 태우고 상쾌한 공기를 온몸에 맞으며 날이 저무는 마을을 달렸다.

평소에는 둘이 타는 걸 싫어하던 나가미네가 오늘은 웬일인지 주저 없이 뒤에 탔다.

나가미네는 지금 어떤 표정을 짓고 있을까? 어깨에 살며시 올려놓은 손에서, 나가미네의 체온이 축축한 셔츠를 통해 희미하게 전해졌다.

"하늘, 참 예쁘다."

우리는 노을 진 하늘을 올려다보았다.

구름도, 고층 맨션도, 전봇대도 붉게 빛났다.

익숙한 그 풍경이, 마치 처음 온 장소처럼 신선하게 보였다. 이 아름다운 풍경 그대로 시간이 멈추었으면, 시인이라도 된 양 문득 그런 생각이 들었다. 하지만 더없이 행복하고 소중한 그 시간은 그리 오래가지 않았다. 또 다시 머리 위에서 기분 나쁜 중저음이 들려왔던 것이다.

이번에는 더욱 강렬했다. 머리카락이 쭈뼛 서고 온몸에 소름이 돋았다. 도저히 무시하지 못하고 브레이크를 걸며 멈춰 섰다. 그리고 리시테아 호를 찾아 하늘을 두리번거렸다. 하지만 어디에도 그 하얗고 우아한 모습은 없었다.

그때 머리 위를 스치듯 등 뒤에서 새하얀 물체가 나타나 시야를 가득 메웠다.

리시테아 호는 아주 낮게 비행하고 있었다.

"굉장해!"

멍청하게 입을 크게 벌린 채 그저 입에서 흘러나오는 대로 내뱉었다. 다른 말은 떠오르지 않았다.

일순 시야를 가득 메웠던 리시테아 호가 전방을 향해 맹렬한 속도로 날아갔다. 멀어지는 순간, 리시테아 호에서 검은 물체가 쏘아져 나왔다. 좌우 다섯 대씩 총 열 대의 물체는 각각의 항로를 그리며 리시테아 호를 따라갔다.

"트레이서다!"

리시테아 호에 실려 있는 트레이서는, 인간 형태의 유인 탐사기이다. 그 원형은, 화성 탐사용으로 개발된 것이라고 들었다. 리시테아 호에 실린 트레이서는 차세대 최신예기이다. 육해공은 물론, 우주 공간에서도 자유자재로 이동이 가능한 만능 머신으로, 소문에는 곳곳에 타르시안의 첨단 기술이 응용되었다고 한다.

"아, 역시 조종사 훈련이 시작된 거야."

나가미네가 옆에 있는 것도 잊고 나는 트레이서의 궤도를 눈으로 쫓았다.

온전히 딴 세상일처럼 생각했던 화성 탐사대의 참극과 그 후 이어진 타르시안 쇼크, 그리고 타르시안 탐사대와 선발 심사가 별안간 현실로 다가왔다.

리시테아 호를 쫓아가듯 다시 페달을 밟기 시작했을 때였다.

"노보루……."

나가미네가 내게 몸을 기대왔다.

머리카락이 목덜미에 닿아, 나가미네가 얼굴을 가까이 붙이고 있다는 것을 알았다.

귓가에서 나가미네의 숨결이 느껴졌다. 나는 떨리는 마음으로 나가미네의 다음 말을 기다렸다. 하지만 나가미네의 입에서 나온 말은, 내가 상상한 내용과 거리가 멀었다.

"나 말이야, 저기 타게 됐어."

실제로는 나가미네의 말뜻을 이해하는 데 5초도 걸리지 않았을 테지만, 주관적인 생각으로는 2시간 정도는 혼란스러웠던 것 같다.

어떤 순서로 사태를 정확히 이해하고 받아들였는지, 기억은 잘 나지 않지만 처음에는 "농담이지?" 같은 현실적인 반응을 보였을 것이다. 그런 농담 같은 이야기를 곧이곧대로 믿는 편이 오히려 무리가 아닐까.

그도 그럴 것이, 나가미네는 여중생인데다 지능으로나 체력적으로 특별히 비범한 능력을 지닌 것도 아니기 때문이다. 어째서 평범한 여중생이 트레이서 조종사로 뽑혀야

하지?

그 심사 과정에 대한 나가미네 본인의 설명은 여전히 이해가 되지 않았다.

단도직입적으로 "네가 지원했어?" 라고도 물었지만, 물론 그럴 리 없었다. 6월의 첫째 주 토요일, 방위성 요원이라는 사람이 집으로 찾아와 "꼭 한 번 심사 테스트를 받아보라" 라며 부모님을 설득했다고 한다. 전후 상황으로 판단하건대, 부모님에게는 사전에 제안이 있었던 모양이다.

심사 장소는 항공우주 자위대 공보부 사이타마 지부였다. 어려운 지능 테스트나 체력측정이 기다리고 있을 줄 알았는데 면접관 다섯 명 앞에서 간단한 면담이 오고갔을 뿐, 심사 테스트는 10분도 안 돼 끝났다. 나가미네는 "맥 빠지더라니까" 라며 웃었다. 지금, 웃을 때가 아니란 말이야.

"너 말고, 심사를 받으러 온 사람은 없었어?"

"그 시간에는 나 혼자였어."

그러고는 곧장 합격 통지가 날아들었다.

"잠깐만."

10초 정도 시간을 갖고 머릿속으로 이야기를 정리한 후,

내가 물었다.

"그거, 거부권은 없었어?"

나가미네가 그제서야 깨달은 얼굴로 남의 이야기하듯 대답했다.

"그런 생각은 못했네."

5년 전, 유사법제(有事法制)의 특별 조항으로 국회에서 의결된 '타르시안 특별법'에 의하면, '모든 국민은 국가가 관여하는 타르시안 관련 모든 프로젝트에 최대한 협력할 의무가 있다'라고 되어 있다. 아, 그렇다면…….

법률을 들이대면 꼼짝 없이 따를 수밖에 없었다. 하지만 도무지 납득이 가지 않았다. 아무리 생각해도 이치에 맞지 않는다. 어느 정도 사태를 이해하자 점점 화가 치밀었다. 나가미네가 여태 내게 비밀로 했던 탓도 있다. 그렇게 중요한 결정을 내게는 한 마디 상의도 없이…….

"그게, 비밀 유지 의무가 있다고 해서. 검은 양복을 입은 요원들이 심사에 방해가 될 수 있으니 입대하는 날까지 아무에게도 말하면 안 된다고 입단속을 시켰어."

나가미네가 슬픈 표정으로 말했다. 입대일은 아직 멀었

지만, 내게는 비밀로 할 수 없어서 털어놓는 것이라고.

"다른 사람한테 말하면 안 돼. 시끄러워지는 거 싫으니까……."

친한 여자 친구들에게도 아직 말하지 않았다고 했다. 나만 특별 대우였다. 그 점은 기뻤지만, 앞으로 나가미네가 겪을 일을 생각하면 마냥 좋아할 수만은 없었다.

이것저것 생각나는 대로 물으면서, 완전히 어두워진 무렵에야 나가미네가 사는 고층 맨션 앞에 도착했다. 내가 풀 죽은 얼굴로 "어쨌든 몸 조심해" 라고 말하자 "작별인사를 하기는 아직 이르거든" 이라며 놀리듯 웃었다.

나가미네 본인은 이미 마음의 준비를 한 모양이었다.

나가미네의 집은 초고층 맨션의 거의 최상층인 것 같았다. 집에 데려다줄 때는 맨션 입구에서 헤어졌고, 집에 초대받은 적도 없었다. 가만 생각해보니, 나가미네의 부모님도 만난 적이 없다. 기억하기로는 두 분 다 현청에서 근무하신다고 들었던 것 같다. 나가미네가 외동딸이라는 것 정도는 안다. 나가미네와는 초등학교도 다르고, 중학교에서도 2학년 때까지는 다른 반이었다. 생각해 보면, 나가미네를 잘 아는 것 같지만 실은 모르는 것투성이였다.

나가미네를 데려다주고 돌아오는 길, 나는 나가미네의 부모님을 만나지 못한 것이 안타까웠다. 부모로서 나가미네의 입대를 어떻게 받아들였을지 상상이 되지 않았다. 웃는 얼굴로 축복했을까? 아니면 비탄에 잠긴 얼굴로 나가미네를 위로했을까?

그날 밤은 생각이 많아서 시험공부는커녕 잠도 이루지 못했다. 내일 학교에서 어떤 얼굴로 나가미네를 만나야 할지 모르겠다. 어차피 며칠 있으면 여름방학이다. 비밀을 지키는 것은 그리 어려운 일이 아니었다.

마지막으로, 내가 무엇을 할 수 있을지 생각했다.

나가미네에게 무엇을 해줄 수 있을지 생각했다. 구체적으로 무엇을 어떻게 하면 좋을지 고민하다보니 나가미네가 입대하는 타르시안 탐사대에 대한 지식이 너무나 빈약하다는 것을 깨달았다.

학교 도서관에서 찾아보면 되겠지만, 내일까지 기다릴

수 없어 휴대전화 정보서비스로 접속해서 관련 정보를 살살이 훑었다. 아무리 검색해도 심사 기준은 알 수 없었다. 알 수 있는 것은, 내년 봄 화성 기지에서 타르시안 탐사 여행을 앞둔 선발 대원들의 훈련이 실시된다는 것이었다.

화성!

내가 아는 그 나가미네가 화성에!

점점 더 실감이 나지 않았다.

역시 내가 속은 것이 아닐까.

물론, 나가미네는 그런 농담을 할 성격이 아니다. 틀림없이 화성에 가겠지.

그럼 화성에 간다 치고, 그 다음에는 어디로 가는 것이지? 애초에 타르시안은 어디에서 왔지?

물론, 나도 안다. 그것을 알 수 없어서, 알아보려고 탐사대를 조직했다는 것을 말이다. 하지만 과거 타르시스 유적 조사대의 참극 이후, 타르시안은 지구는커녕 화성에도 나타나지 않고 있는데 왜 굳이 그들의 행방을 찾으려는 것이지?

게다가 어디에 있는지도 모르는 외계인을 찾아다니는

여행을 언제까지 계속할 셈이지? 탐사대에 동원된 나가미네는 언제쯤 지구로 돌아올 수 있을까?

오늘 오후 나가미네가 한 말과 행동의 진짜 의미가 이제야 하나하나 이해가 되었다.

같은 고등학교에 가기는커녕 내가 고등학생이 되었을 때 나가미네는 머나먼 우주 저편에 있을 것이다. 우주에는 고등학교도, 검도부도 없을뿐더러 샛길로 빠질 편의점 따위도 없다는 당연한 사실을 깨달았다.

그래도 평생 우주를 떠도는 여행은 아니니까. 나가미네는 금방 돌아올 것이다.

분명, 금방 올 것이다.

금방이라면 언제?

고 1은 넘기지 않겠지?

그렇지 않으면?

다음 날은 표정 관리고 뭐고, 수면 부족으로 초췌한 얼굴로 학교에 갔다.

그런데 무슨 일인지 나가미네가 교실에 없었다. 그날 나가미네는 결석했다. 어제 비를 맞고 감기라도 걸린 것이 아닐까 걱정이 되어 쉬는 시간에 메시지를 보냈다. 하지만 나가미네에게서는 답장이 없었다. 방과 후 다시 메시지를 보냈다. 역시 답이 없었다.

다음 날은 1학기 마지막 수업이었다.

그날도 나가미네는 학교에 오지 않았다.

집에 가는 길에 나가미네가 사는 맨션에 들러볼까 했지만 용기가 나지 않았다.

몇 번이나 메시지를 보냈지만 답장이 없었다. 무슨 일이지? 가족과 작별 여행이라도 간 것일까?

입대 날짜를 물어봤어야 했다. 설마 의무교육도 마치기 전에 데려가지는 않겠지. 아직 2학기도 있고, 3학기도 남아있다. 조바심 낼 것 없다. 그때까지 얼마든지 만날 수 있고, 하고 싶은 말도 할 수 있을 것이다.

하고 싶은 말?

몸 건강히 잘 하고 오라는 격려?

부 활동하는 동안 여러모로 고마웠다는 인사?

아니면 다른 무슨 중요한 말?

어쨌든 작별 인사는 해야지.

친한 친구들을 불러서 작은 송별회도 열고.

하지만 그런 내 예상은 전부 빗나갔다.

나가미네에게서 메시지가 온 것은, 여름방학이 시작되고 닷새가 지났을 때였다. 발신 장소는 달 궤도를 비행하는 리시테아 호 안이었다.

2047년 4월

화성 기지

—침착해, 미카코.

먼저, 적을 찾아야지. 전방에 의식을 집중해.

사각지대가 되기 쉬운 후방, 머리 위, 발밑은 항상 유의할 것.

잘하고 있어. 교육받은 대로야. 시뮬레이터로 여러 번 해봤잖아.

달 표면에서 진짜 트레이서로 수차례 훈련도 했고. 기본적인 모든 동작은 경험해봤어. 진짜든 가짜든 크게 다르지 않아. 진짜 트레이서에 타고 있는 지금도 밖을 직접 보는 것이 아니라 전방 스크린에 비친 영상을 보는 것뿐이니까.

그래도 다른 점이 있다면, 진짜에서만 느낄 수 있는 가속감. 이제 막 화성의 지상 기지에서 발진해서 급격히 상승한 참이다. 현기증이 날 정도로 엄청난 가속감.

조종석도 익숙해졌다. 발판 조작, 팔의 움직임, 패널에 맞춘 손끝의 움직임까지.

이번에도 어려울 것 없다. 적은 단 한 기, 공격수단은 미사일뿐이다. 적의 반격 없음, 따라서 회피기동(回避機動)도 필요 없다. 식은 죽 먹기다. 하지만 실전은 다를 것이다. 물론, 훈련도 점점 까다로운 조건이 추가되면서 난이도가 높아지고 있기는 하지만…….

하지만 미션 메뉴는 온통 전투 훈련으로만 짜여 있다.

뭔가 이상하지 않아?

왜지? 타르시안과의 전투를 상정해서?

모르겠다. 지금은 생각해 봤자 소용없다.

주어진 일, 내가 할 수 있는 일을 할 뿐이다.

그래, 지금 하는 일에 집중하자.

경과 시간, 120초. ……1, 2, 3.

이제 슬슬 발사된 목표물이 나타날 때가 되었다.

아! 경보가 울렸다.

어디, 어디지?

침착해.

저기다! 찾았어!

목표 조준! 발사!

……제발, 맞아라!

트레이서의 백팩에서 미사일이 잇따라 쏘아져 나왔다.

좌우 두 쌍씩, 총 네 기. 미사일 한 기의 크기는 커피 캔 정도였지만 발군의 파괴력과 뛰어난 운동 성능을 갖추었다.

미카코가 발사한 미사일 네 기는, 각기 다른 궤도를 그리며 흰색 연습용 모의기를 쫓았다. 모의기의 기체는 알파벳 A를 연상시키는 모습이었다. 그 형태와 움직임은 타르시안 개체(個體)를 본따서 설계했다고 하는데, 사실상 타르시안 개체에 관한 정보는 지극히 한정적이었다.

미사일 네 기가 제각각 움직이는 것은, 표적의 회피기동에 대응하기 위해서이다. 팀워크를 발휘해 표적을 쫓는 방식에는 십여 가지 패턴이 있는데, 무엇을 선택할지는 트레이서 조종사의 경험과 빠른 판단에 맡겨진다.

미카코는 신참 조종사이다. 게다가 진짜 미사일을 쏘는

것은 이번이 처음이다. 초심자를 대상으로 해서 표적의 회피기동을 단순화한 훈련이기 때문에, 한 기라도 명중하면 합격이다. 네 기 모두 빗나갈 경우, 조종사가 직접 트레이서 본체로 표적을 추격해야 한다.

모의기는 부스터를 뿜으며 속도를 높이더니 직선에 가까운 움직임으로 달아났다.

흩어져 있던 미사일 네 기는, 모의기가 그리는 궤도로 빨려 들듯 모이며 거의 같은 궤도 위를 줄지어 뒤쫓았다. 그 뒤를 미카코가 탄 트레이서가 추적했다.

추격극이 벌어지는 배경에는 검붉게 물든 메마른 대지가 펼쳐져 있었다. 화성 상공의 드넓은 영역을 미카코 혼자 차지하고 있다. 까마득한 고고도에서는 코스모너트가 내려다보고, 지상에서는 훈련기지와 그 주변에서 차례를 기다리는 십여 대의 트레이서가 미카코의 전투를 올려다보고 있었다. 하지만 기내에서 분투 중인 미카코는 동료 조종사들과 교관의 시선을 신경 쓸 여유가 없었다.

—제발, 맞아라!

미카코는 기도하는 심정으로 스크린을 주시했다.

선두를 달리던 미사일이 모의기를 포착했다. 단숨에 거리를 좁히며 뒤를 노렸다.

명중할 것처럼 보이던 찰나, 모의기는 날렵하게 몸을 피하며 아슬아슬하게 첫 번째 미사일을 따돌렸다.

그 회피 유형을 간파한 두 번째 미사일이 즉각 궤도를 바꾸었다. 표적을 크게 앞질러, 코앞에서 퇴로를 차단하려는 듯 했다.

모의기는 접근해온 두 번째 미사일을 피하기 위해 또 다시 궤도를 수정하며 기체를 비스듬히 선회했다. 그런 움직임을 예측했다는 듯 세 번째, 네 번째 미사일이 동시에 달려들었다.

스크린을 바라보던 미카코의 커다란 눈동자가 반짝였다.

—설마?

미사일 두 기가 알파벳 A의 날개처럼 돌출된 부분을 관통해 하늘로 날아갔다. 폭발은 일어나지 않았다. 탄두가 들어있지 않았기 때문이다.

"야호! 맞았다."

미카코는 저도 모르게 낮은 환성을 질렀다.

미션 성공에 흥분한 미카코의 두 뺨에 발그스레한 홍조가 떠올랐다.

스크린에 비친 트레이서의 외장 카메라가 잡은 영상과 그 주변에 장착된 내장형 컴퓨터를 통해 분석한 자료며 지원 메시지가 표시되는 스크린은 수차례 연습했던 시뮬레이터와 크게 다르지 않았지만, 역시 진짜 트레이서에 타고 있다는 감각이 미카코를 고양시켰다.

미션 종료를 알리는 내장 컴퓨터의 냉랭하고 침착한 목소리가 들려왔다.

휴, 미카코는 입술을 내밀며 숨을 몰아쉬었다.

—돌아가야지.

다음 훈련생이 차례를 기다리고 있었다. 서둘러 훈련 상공을 비워주어야 한다.

미카코는 눈앞에 나타난 터치 패널을 조작해 훈련기지로의 귀환 명령을 내렸다. 동체 이곳저곳에서 차례로 제어 가스를 분출하며 방향을 전환한 트레이서는 머리를 지표로 향하고 스카이다이빙 하듯 거의 자유 낙하에 몸을 맡긴 채 일직선으로 떨어졌다.

검붉은 대지와 은빛 건조물이 맹렬한 속도로 가까워졌다.

미카코는 쓸쓸한 표정을 짓고 있었다.

"샴푸 좀 빌려 줄래?"

반투명 비닐 커튼 자락이 들썩이더니 거품투성이 팔이 불쑥 나타났다.

"네? 배급받은 건 다 썼어요?"

미카코는 샤워기를 잠그고 고개를 돌렸다.

커튼 너머로 어렴풋한 실루엣이 비쳤다.

키는 비슷했지만, 전체적으로 굴곡 있는 몸매에 압도되는 느낌이었다.

"이걸로는 반도 못 감아. 리시테아라면 몰라도 여긴 화성이잖아. 물도 마음껏 쓸 수 있고. 정말이지, 샴푸 정도는 넉넉하게 주면 안 되나."

"그야 그렇지만……. 아, 여기요. 전 짧아서 많이 안 써요."

미카코는 튜브에 든 샴푸를 옆에서 내민 손에 쥐어주었다.

"고마워."

반쯤 열린 커튼 너머로 손이 쑥 들어갔다. 물소리가 잠시 멎더니 보득보득 샴푸 거품을 내는 소리가 들렸다.

"다 쓴다."

"네? 아, 네."

그렇게 대답할 수밖에 없다.

"오늘 결과, 어땠어?"

"세 번 다 명중."

"굉장하다. 혹시 2호기 탔었어?"

"네."

"난 또 나머지 조였는데. 그것도 꼴찌로 겨우 통과."

"그럼, 12호기……?"

"딩동댕!"

커튼이 활짝 걷혔다.

"난 호죠 사토미. 앞으로 잘 부탁해."

이마에 묻은 거품을 손바닥으로 쓸어 올리며 인사를 했다.

미카코는 얼른 가슴을 가리며 놀란 표정으로 옆 사람을 보았다.

"전, 나가미네 미카코."

당황한 기색을 감추지 못한 미카코가 갈라진 목소리로 인사를 했다.

“중학생……?”

풍만한 가슴을 보란 듯이 내민 사토미가 미카코의 몸을 빤히 훑었다.

“아니에요. 이번 봄에 졸업했어요. 졸업식에는 못 갔지만.”

“아, 그랬구나. 하긴, 급하게 불려왔지. 출석일수는 다 채운 거야?”

“부족했지만 특별히 양해해주기로 하셨어요. 사실 기록상으로만 졸업한 것이지, 졸업장도 못 받고 실감은 안 나요.”

“응. 어쩌면 최연소 훈련생일 수도 있겠는걸? 아! 미안, 미안. 난 열일곱. 내가 두 살 더 많으니까 언니네. 난 고등학교를 자퇴했어. 요원 아저씨 말로는 휴학이든 졸업이든 할 수 있다고 했지만, 취업할 곳이 정해진 셈이니까 고졸 학력은 필요 없을 것 같아서.”

사토미가 새된 목소리로 깔깔거렸다.

"친구는 사귀었어?"

"여유가 없어서요. 게다가 주위에는 모두 나이 많은 사람들뿐이고……."

"사실 그렇게 많지도 않아. 내 친구들만 해도, 제일 많은 사람이 스물한 살인 걸."

"낯을 좀 가리기도 하고요……."

"그럼 내가 친구 해줄게. 딱히 의지는 안 되겠지만, 잘 부탁해."

사토미는 거품투성이 손을 뻗더니 가슴을 가리고 있던 미카코의 손을 억지로 떼어 내어 악수를 했다. 훤히 드러난 미카코의 가슴은 과연 중학생으로 보일 만큼 가냘팠다.

"솔직히 여자 친구만 잔뜩 생겨도 재미는 없지."

미카코는 뭐라고 대답해야 할지 몰라 그냥 웃어넘겼다.

"새로운 만남을 기대하면서 입대했단 말이야. 실망이야. 속은 것 같다니까. 남자친구랑 대판 싸우고 헤어진 직후에 지원했거든."

"아, 남자 대원들은 다른 함대에 있는 것 아니에요?"

"나도 처음엔 그런 줄 알았어. 함대 당 대원 100명. 그게 전부 일본인 여성이라고 해도, 비율로 치면 딱히 문제될 게 없으니까. 그런데 아무래도 이상한 거야. 달에서 훈련할 때, 기지 사람들한테 슬쩍 물어보고 알게 됐어. 자기가 아는 한, 남자 훈련생은 단 한 명도 없었다는 거야."

"정말요……?"

"그렇다니까. 그래도 실망할 것 없어. 당분간 화성 기지에서 훈련한다잖아. 나이가 좀 많긴 해도 각국의 대표 미남들도 많아. 경쟁률이 높은 게 흠이긴 하지만."

"그런 쪽으로는 별로……."

"진지하기는. 모범생 타입이구나. 지금 즐기지 않으면 나만 손해야. 훈련을 마치고 코스모너트 근무에 들어가면 더는 남자 구경 못한다니까."

"함선에도 남자는 있을 것 아네요……?"

"그야 함장도 있고 항법사나 통신기사 같은 최소한의 관리요원은 있다고 하는데 전부 아저씨래. 나머지 요리나 청소 같은 업무는 노동력을 줄이기 위해 대부분 무인화 되어 있다고 하더라고."

"그럼, 대원들은 모두 여자뿐이에요?"

"맞아."

"왜 그런 거죠?"

"알 게 뭐야. 이유는 나도 몰라. 물론, 높으신 분들이 결정한 일이니 그럴만한 이유가 있겠지."

"어쩐지 속은 것 같아서, 기분이 좀 그래요……."

"뭐, 깊이 생각할 것 없어. 그보다 공짜로 우주여행을 할 수 있다는 것만으로도 행운이라고 생각해. 달만 해도 지금은 관광지가 되었다지만 그리 쉽게 갈 수 있는 곳은 아니잖아. 하물며 화성까지 왔는걸. 무중력도, 지구 중력의 1/6 중력도, 1/2 중력도 체험해보고 말이야. ……맞다, 그거 알아? 집중훈련을 마치면 화성 관광을 하게 될 거래. 그 유명한 타르시스 유적도 가까이서 볼 수 있어."

"타르시스 유적……?"

미카코가 어리둥절한 얼굴로 물었다.

"타르시안의 어원이 된 그 유적 말이야. 제1차 유인 화성 탐사대가 발견한 외계 문명의 흔적……."

"아, 알아요! 사회 교과서에 실린 사진을 봤어요."

"그래, 그거 말이야. 그럼, 이제 이 사토미 언니가 관광

가이드 겸 타르시스 유적에 대한 강의를 해주지. 도시의 흔적, 소(小) 타르시안과 거대(巨大) 타르시안의 화석……. 그야말로 금세기 최대의 발견이었지! 지구 인류 이외의 지적 생명체가 존재한다는 걸 확인한 셈이니까. 세상은 발칵 뒤집혔어. 어마어마한 문화 충격이었지. 그렇게 유적 옆에 베이스캠프를 짓고 본격적인 발굴 조사를 벌인 거야. 그게 지금으로부터 8년 전, 2039년의 일이야. 내가 아홉 살, 넌 일곱 살 때였겠구나. 당시 중계 영상을 아직도 어렴풋이 기억하고 있다니까."

"난 기억이 없는데……."

"그야 초등학교 4학년하고 2학년은 엄청난 차이인걸. 그렇게 면밀한 조사가 이루어지는 가운데 조사대의 중간보고를 바탕으로 본격적인 '제1차 화성문명 조사대'가 꾸려져 화성으로 파견되었지. 그런데 예기치 못한 사태가 조사대를 기다리고 있었던 거야. 베이스캠프에 도착한 그들은 오랜 여행의 피로를 풀 시간도 아끼며 열정적으로 조사 활동을 시작했어. 기자재와 인원을 대량 투입해 본격적인 조사를 시작한 지 일주일도 채 지나지 않았을 때였을 거야.

몇 날 며칠씩 계속되던 중계 보도도 점차 줄어들고 뉴스 시간에만 관련 영상을 내보내던 때였어. 뉴스 속보로, 이전과 전혀 다른 타르시스 유적의 영상이 공개되었어. 절반이 넘는 유적과 베이스캠프가 온데간데없이 사라진 영상 말이야. 핵폭탄 급의 에너지가 단숨에 폭발한 것 같았어. 당시의 충격적인 영상, 기억나지?"

"미안해요. 사실 실시간으로 본 기억은 없어요. 물론, 폭발 장면은 계속해서 방송에 나왔으니까 나중에 보긴 했지만……."

"뭐야, 그럼 다 알겠네. 괜히 얘기했잖아. 그래도 이왕 시작했으니 마저 다 이야기해줄게. 몇 안 되는 생존자의 증언으로 그 일이 사고가 아닌 파괴행위였다는 걸 알게 됐어. 타르시스 유적에서 출토된 것과 똑같은 대 타르시안이 나타나 탐사대를 공격한 거야. 너도 알겠지만, 사고 직후 봉인되었던 영상이 이듬해 공개되었어. 베이스캠프 상공에 한 무리의 대 타르시안이 찍힌 영상 말이야. 그 후의 경과는 중학교에서 배운 대로야. 미국 주도의 국제연합 결의에서 타르시안 조약이 만들어지고, 조약을 비준하는 형태로 각국에서 독자적으로 비상사태를 발령했어. 당시 가장 우선시했던 것이, 타르시안을 찾아내는 일이었어. 그들은 어디에서, 무슨 목적으로 왔을까? 당연히 침략 목적이라는 최악의 시나리오를 제일 먼저 고려한 만큼, 전 지구적 규모의 방위 시스템 구축도 동시에 이루어졌지. 급한 대로 주요 국제연합 회원국들이 보유한 기존 우주군을 모체로, 국제연합 우주군이 편성되었어……."

"그 부분은, 저도 알아요. 학교에서 배웠어요."

미카코는 진지한 표정으로 고개를 끄덕여보였다.

"그런데 무슨 영문인지 우리가 타르시안 탐사대원으로 뽑혀서 그들을 찾아 나서게 된 거야."

"전 세계를 대표해서 선발되었으니 명예로운 일이겠죠."

"그야 그렇지만, 뭔가 실감이 안 나. 무엇보다 타르시안은 그때 이후로 한 번도 나타나지 않았으니까. 침략 목적이라는 노선은 사라졌다고 봐도 무방하지 않을까……."

사토미는 팔짱을 끼고 잠시 생각하는 듯 하더니 금세 입을 열었다.

"어머, 내 정신 좀 봐. 빨리 옷 입고 나가지 않으면, 저녁

식사 시간에 늦는다고. 신선한 채소를 먹을 수 있는 것도, 여기 있는 동안만이라니까. 영양보충을 충분히 해두어야지. 그럼, 이따 식당에서 봐. 같이 앉아서 먹자."

사토미가 빙긋 웃더니 기세 좋게 커튼을 닫았다.

어느새 다시 물소리가 들려왔다.

미카코도 썰렁하게 식은 몸을 데우기 위해 다시 샤워기 손잡이를 돌렸다.

식당은 대성황이었다.

모든 테이블마다 스무 살 안팎의 여자들이 자리를 가득 메우고 있다.

절반 정도는 이미 식사를 끝냈지만 자리를 떠나기 싫은 듯 수다 삼매경에 빠져 있었다. 개중에는 수다를 떠는 무리에 끼지 않고 지구에 있는 가족들에게 보내는 것인지 휴대전화를 손에 들고 묵묵히 메시지를 보내고 있는 사람도 있었다. 여자 대학의 학생 식당을 떠올리게 하는 풍경이었다.

미카코는 지급 받은 ID카드를 감지기에 대고, 배식대에서 음식을 담은 식판을 받아든 후 빈 자리를 찾아 식당 안을 둘러보았다. 여러 그룹이 만들어져 있어서 함부로 낄 만한 자리가 없었다.

어쩔 줄 모르고 서 있는데 누군가 "여기야" 라며 손짓했다.

샤워실에서 만난 사토미였다.

대부분 똑같이 지급받은 운동복 차림으로 여유롭게 휴식을 취하고 있었지만 사토미는 데님 소재의 상하의를 근사하게 차려입고 있었다.

미카코는 테이블 사이를 지나 조심조심 천천히 걸어갔다. 화성에 도착한 지 이틀째, 아직 화성 중력에 익숙지 않아서 조심하지 않으면 금방이라도 튀어 오를 것 같았다.

방금 왔는지 아니면 미카코를 기다렸는지 사토미는 아직 식사를 시작하지 않은 상태였다. 미카코는 사토미의 맞은편에 앉아 가만히 식판을 내려놓았다.

"뭐 하나 물어봐도 돼?"

사토미가 손으로 턱을 괴며 물었다.

"기분 나쁘게 듣진 말았으면 하는데. 너 말이야, 꽤 고집이 세지?"

무슨 의도로 하는 말인지 알 수 없었다.

"……왜요?"

"네가 입고 있는 그 옷 말이야, 혹시 중학교 때 입었던 체육복 아냐?"

사토미가 미카코가 입고 있는 옷을 가리켰다.

"복장은 자유라던데, 이게 제일 편해서요……."

"편하기도 하겠지만 실은 진짜 이유가 따로 있는 것 아냐? 중학교 시절에 그대로 머물고 싶다거나 하는, 그런 마음 아니야?"

"그런 건……."

부정하려고 했지만 이내 말문이 막혔다.

의식적으로 입은 것은 아니었지만, 듣고 보니 사토미의 지적이 옳았다.

"미안, 그러니까 기분 나쁘게 듣진 말라고……. 얼른 먹자. 이 채소들 전부 화성에서 키운 거래. 동결된 지하수를 듬뿍 주면서 재배했다나봐. 단지, 태양광이 부족해서 지구보다 생육이 더디다나 뭐라나……. 토란 된장무침에 우엉 조림. 된장국에 든 두부며 뭐며 전부 화성에서 만든 거래.

쌀까지 말이야. 감동적이지 않아? 우리를 위해 일부러 이런 식재료까지 재배한 걸까. 어쨌든 관계자들에게 감사하는 마음으로, 잘 먹겠습니다!"

"잘 먹겠습니다."

미카코는 수저를 들기 전 운동복 주머니에서 휴대전화를 꺼내 식판 옆에 가만히 올려놓았다.

"중력 때문인지는 모르겠지만, 밥맛이 좀 별로인 것 같아. 배부른 소리할 때는 아니지만."

사토미가 흰 쌀밥을 한 젓가락 입에 넣고 씹으며 말했다.

"어머, 또 기분 상하게 할 생각은 아닌데, 혹시 남자친구의 메시지를 기다리는 거야?"

손에 든 젓가락으로 미카코의 휴대전화를 가리켰다.

"남자친구는 아니지만……."

"어디어디, 보여줘 봐."

사토미가 재빨리 손을 뻗어 미카코의 휴대전화를 낚아챘다.

대기화면에는 검도복을 입고 머리에 수건을 두른 노보루의 옆얼굴이 있었다.

“흠. 꽤 잘생겼잖아.”

사토미가 히죽 웃었다.

“안 돼요!”

미카코가 황급히 휴대전화를 뺏었다.

“같은 학년? 어디까지 갔어?”

“그런 사이 아니에요.”

미카코는 얼굴을 붉히며 강하게 부정했다.

“고백은 했어?”

“고백한 적 없어요, 받은 적도 없고. 같이 부 활동하던 친구에요. 같은 고등학교에 가면 좋겠다고는 했지만…….”

“그렇구나, 그 친구는 고등학교에 갔겠네. 하지만 넌 화성에 있고, 그리고 네 마음은 아직 중학교 때 그대로인 거고…….”

미카코가 젓가락질을 멈추고 고개를 푹 숙였다.

“아, 미안. 내가 괜한 소리를 했네. 남자친구가 없으니까 부러워서, 질투가 나서 그랬나봐. 기다려주는 사람이 있잖아. 정말 좋겠다. 나도 두 사람의 교제, 응원할게.”

“고마워요. 사토미 씨, 참 솔직한 사람이네요.”

웃음을 되찾은 미카코는 순수 화성산 된장국을 한 입 떠 먹었다.

노보루에게.

화성에서는 계속 훈련만 했어.

나, 이래봬도 선발 대원 중에서 성적이 꽤 좋은 편이야.

올림푸스 화산도 보고, 마리너 계곡에도 갔었어.

당연히 타르시스 유적에도 가봤지. 교과서에서 보는 것과 차원이 달라.

주거 흔적이라든지 공원 같은 장소 말이야. 발굴 조사를 마치고 공개된 장소는 한정적이지만 가까이서 보고 굉장히 흥분했어.

태양계에 지구인만 있는 게 아니었다니.

아주 먼 옛날, 지구에 문명이 탄생하기 훨씬 전부터 그들은 이미 고도의 문명을 이룩했다는 것을 실감할 수 있어서 무척 놀라웠어.

유적 바로 옆에는 위령탑이 있어. 타르시안의 공격으로

목숨을 잃은 제1차 화성문명 탐사대원들을 기리기 위해 세운 것이야.

타르시안은 왜 그렇게 잔혹한 짓을 했을까?

그들의 허락 없이 유적의 비밀을 파헤치려고 했기 때문에?

그랬다면 그들은 아직 노여움을 풀지 못했을 거야.

지구인은 타르시안 문명의 비밀을 철저하게 파헤치는 중이니까.

그들에게 배운 고도의 기술력을 오롯이 흡수해 다양한 분야에 응용하고 있는 것도 그래.

리시테아 호에도 그들의 과학 기술이 가득 담겨있어.

아광속 항법이라든지 구동 기술 같은 것 말이야. 그보다 훨씬 대단한 건, 자립형 하이퍼 드라이브가 가능하다는 거야. 1.5광년 거리를 단숨에 워프할 수 있어.

이번에는 그들의 기술력을 이용해, 우리가 그들을 쫓을 차례야.

그들을 쫓아 먼 우주로 나갈 날이 시시각각 다가오고 있어.

다음 메시지는 목성의 위성 이오로 향하는 리시테아 호 안에서 보내게 되려나.
내일 화성을 떠날 거야.
점점 노보루와 거리가 멀어지고 있어.
메시지의 착신 소요시간을 표시하는 숫자도 점점 커지겠지.
이오에서도 메시지는 보낼 수 있겠지.
이오에는 중계 기지가 있으니까…….
그럼 또 쓸게.

성적이 우수한 미카코가

2047년 4월

조호쿠 고등학교

노보루에게.

갑자기 사라져서 미안.

나는 지금 달 베이스캠프에 있어.

제대로 작별인사를 할 생각이었는데, 그쪽에서 아무런 예고도 없이 갑자기 데리러 왔어.

노보루와 함께 비를 피하다 집에 돌아온 그날 밤늦게 일전의 그 요원이 찾아와서는 다짜고짜 한 시간 안에 떠날 준비를 하라는 거야. 너무했지?

부모님도 그런 법이 어디 있냐며 노발대발하셨어.

허둥지둥 짐을 챙기고 정신이 들어보니 항공우주 자위대 사이타마 기지로 가는 차 안이었어.

졸업식을 마치고 한참 후에나 떠나리라고 생각했는데,

정말 너무했지?

하지만 납치되듯 떠나온 게 차라리 다행이라는 생각도 했어. 모두에게 비밀로 하고 하루하루 입대할 날이 다가오는 것을 기다리는 편이 더 견디기 힘들었을지 몰라. 게다가 막상 헤어질 때가 되면 틀림없이 울어버렸을 거야. 펑펑 울면서 가기 싫다고 어린애처럼 떼를 썼겠지.

어쨌든 나는 무사히 입대했어.

그리고 생각보다 건강히 잘 지내고 있어.

사이타마 기지에서 간단한 입대 수속을 마치고 지급품을 받아서 잠 한숨 못 자고 아침 일찍 우주왕복선을 탔어. 달 정거장에서 하룻밤을 보내고 납치 사흘째에는 맑음의 바다에 있는 국제연합 우주군의 베이스캠프에 도착했어.

곧바로 예비교육을 받고 방을 배정받아 겨우 이렇게 노보루에게 메시지를 쓰고 있는 거야.

물론, 부모님께는 먼저 메시지를 보냈지.

무사히 도착할까.

부모님께 보낸 메시지로 달에서도 메시지가 전송된다

는 것을 확인했지만 말이야. 하지만 앞으로 함대가 이동할 때마다 여러 중계 위성을 거치기 때문에 노보루가 보낸 메시지를 제대로 받지 못할지도 몰라.

그래도 괜찮아. 내가 열심히 보낼 생각이거든.

어디서 무엇을 하는지, 일일이 보고할 테니까 걱정 마.

앞으로의 일정 말인데, 내일부터 바로 연수 시작이야.

뛰어난 트레이서 조종사가 되기 위한 교육을 받는 거야. 언제쯤이면 진짜 트레이서를 타게 될까?

그럼, 여름방학 즐겁게 보내.

그러고 보니 시험이 얼마 남지 않았네.

너무 무리해서 몸 상하면 안 돼.

차가운 것도 너무 많이 먹지 말고.

지망 고교를 향해! 파이팅!

그럼 또 쓸게.

납치당한 미소녀 미카코가

허세인지 아니면 정말 우쭐해있는 것인지, 나가미네의

메시지는 어딘가 들뜬 느낌이었다.

어찌 됐든, 무사히 입대했다니 다행이었다.

나는 바로 답장을 썼다.

휴대전화의 통신 가능 범위는 우주로까지 확대되었다. 특별한 기능이 아니라, 어떤 휴대전화로든 우주와 지구간의 교신이 가능하다.

알고는 있었지만, 평범한 중학생이 그런 기능을 시험해 봤을 리 없다. 무엇보다 우주에 살면서 메시지를 주고받을 친구가 없으니까.

물론, 지금은 3만 명이 넘는 사람들이 우주에서 일하고 있다.

그렇다고 해도 인류가 달보다 먼 우주에 진출한 것은 최근의 일이다. 우주에서 일한다고 해도, 그 대부분은 우주정거장이라고 불리는 지구 저궤도 상에 모여 있는 구조물과 달 표면 시설에 한정되어 있다.

우주의 이용 목적은 다양하다. 군사 목적, 과학 연구, 의료 목적, 오락 및 관광 목적, 민간의 신소재 연구 개발, 영화 촬영지, 보도기관의 발신 거점 등등…….

하지만 최근에는 오로지 군사 목적이 우선시되고 있는 듯하다.

타르시안 쇼크 이후, 항로의 안전 확보를 이유로 민간 우주선의 운행 횟수를 제한하고 우주와 달 표면의 민간 시설은 잇따라 국제연합이 인수해 우주군 관련 시설로 탈바꿈시켰다.

한편, 타르시스 유적 출토품에서 얻은 타르시안 문명의 최첨단 과학 기술은 우주 분야로 즉각 반영되어 놀라운 발전을 이루었다. 하지만 우주 기술이 발전하면 할수록, 우리 같은 일반인에게 우주는 더욱 먼 존재가 되어갔다. 최신 과학 기술은 온전히 NASA와 미국 우주군이 주축인 국제연합 우주군이 독점하고 세상에 공개하지 않았기 때문이다.

우주에 대한 정보는 규제가 이루어지면서 나날이 서민들의 눈에서 멀어지고 있다.

이처럼 한정적인 우주 관련 정보 중에서, 타르시안 탐사대에 관한 정보만은 예외적으로 많이 알려지고 비교적 규제도 덜했다. '인류는 늘 타르시안의 위협에 노출되어 있다'라는 것을 전 세계 사람들의 뇌리에 각인시키기 위해 의도적으로 퍼뜨리고 있는지도 모른다.

……그런 이유로 나가미네에게서 온 메시지는 내게 우주를 가깝게 느끼게 해주었다.

메시지가 전송된다는 것은 알았지만, 달로 메시지를 보내는 것은 처음이다. 정말 무사히 도착할까? 한밤중에 메시지를 보내자마자, 나는 밖으로 나와 밤하늘을 올려다보았다. 가느다란 초승달이 낮은 하늘에 위태롭게 걸려 있었다.

그제야 나는 나가미네가 정말 멀리 떠났다는 것을 실감했다.

—나가미네, 저렇게 먼 곳에 있구나.

다만, 내가 느낀 것은 오직 둘 사이를 가로막고 있는 거리감이었을 뿐, 낯선 환경에 던져져 이제까지와는 전혀 다른 생활을 하게 된 나가미네의 심경에 대해서는 조금도 생각이 미치지 않았다.

그 후로 반년 동안, 우리는 서로를 격려하며 메시지를

주고받았다.

한 쪽은 트레이서 조종사, 나머지 한 쪽은 고등학교 입학을 목표로, 하루하루 서로의 노력을 칭찬하고 응원했다.

하지만 솔직히 마음이 복잡했다.

나가미네를 만날 수 없다는 단순한 이유 때문이 아니었다.

나가미네를 걱정하는 한편, 부럽기도 하고 귀찮을 때도 있었다.

나가미네가 하는 일이 힘들지는 몰라도 인류에 공헌하는 숭고한 목적과 사명이 바탕이 된 훌륭한 일이다. 그에 비하면, 나는 자신의 장래라는 시시하고 하찮은 목적뿐이었다. 게다가 장래가 보장된 나가미네와 달리 나는 고등학교에 합격한다는 보장도 없다.

좋겠다, 나가미네는. 이렇게 진심으로 부러워한 적도 있다.

게다가 영어 단어 하나라도 더 외우려고 단어장과 씨름하고 있을 때 갑자기 착신음이 울리면 솔직히 귀찮기도 했다.

그날의 훈련 메뉴와 성적. 반성할 점. 저녁식사 메뉴와

맛에 대한 평점. 교관들에 관한 소문과 별명. 달에서 보는 그날그날의 지구의 모습과 구름의 움직임으로 예상한 나가미네 나름의 일기예보……. 하나같이 수험생에게는 아무 관련도 없고 도움도 되지 않는 화제였다.

결국, 그런 상황을 견디지 못한 내가 새해가 되어 입학시험을 두 달 남기고 잠시 메시지 교환을 중단하자고 제안했다. 얼마나 이기적이고 옹졸한 인간인지, 스스로도 한심했다.

나가미네와의 메시지 교환을 핑계로 삼고 싶지는 않지만, 시험공부에 집중하지 못한 부분은 있었을지 모른다. 시험 직전의 벼락치기는 큰 성과가 없었다.

될 대로 되라는 심정으로 입학시험을 치르고, 결과는 어찌 되었는지 다행히 합격이었다.

봄이 오고, 나는 정식으로 고등학생이 되었다.

나가미네의 격려 메시지가 효과가 있었던 것이라며 멋대로 해석했다.

정말, 제멋대로인 인간이다.

아직 달에서 훈련하고 있는지 확실치 않았지만, 어쨌든 합격 소식을 전하기 위해 베이스캠프로 짧은 메시지를 보냈다. 하지만 그 메시지는 나가미네에게 도착하지 않았다. 나가미네는 이미 달 표면 캠프를 떠나 다음 캠프지로 향하는 리시테아 함내에 있었다. 메시지가 엇갈리고 말았다.

하지만 합격자 발표일을 기억하고 있던 나가미네가 다음 날 자신이 리시테아 호에 있다는 것과 합격 여부를 묻는 짧은 메시지를 보내왔다. 나는 바로 답장을 했다.

그러자 나가미네는 두 달 간의 공백을 단숨에 메우려는 듯이 휴대전화 메모리에 저장되지 않을 정도로 기나긴 답장을 보내왔다.

메시지 내용을 보니 일기처럼 날짜가 쓰여 있었다. 매일 써두었던 모양이다. 그것도 갈수록 분량이 늘었다.

입학 준비를 하는 틈틈이 사흘에 걸쳐 메시지를 다 읽고 몇 번인가 답장을 쓰다가 멈춘 상태로 입학식을 맞았다. 쓰다 만 메시지는 그대로 두고 일단 무사히 고등학교에 입학했다는 짧은 메시지를 보냈다. '고교 생활에 관한 이야기는 다음 메시지에서'라고 덧붙였다.

정말, 성의 없는 인간이다.

나가미네는 내 합격 발표가 나기 훨씬 전에 달에서의 기초 훈련을 무사히 마쳤다.

걷고, 뛰고, 엎드리고, 일어나고, 뛰어오르고, 차고, 날고, 선회하고, 정지하고, 잡고, 밀고, 당기고, 던지고, 찌르고, 휘두르고, 베고, 으스러뜨리는 등……. 트레이서의 기본 동작을 충실히 익히고 우수한 성적으로 어엿한 트레이서 조종사가 되었다.

전 세계에서 선발된 인재인 만큼 훈련생 대부분이 트레이서 조종을 익혔다고 했다. 물론, 낙오자가 전혀 없었던 것은 아니다. 훈련 중 사고로 부상당한 사람, 성적 부진으로 우울증에 걸려 지구로 송환된 사람, 혹독한 훈련을 참지 못하고 캠프에서 도망친 사람까지 있었다고 한다.

그런 이야기를 들으면서, 나가미네야말로 적임자라는 생각이 들었다. 나가미네의 인내심은 중학교 부 활동 때 이미 충분히 증명되었다.

입학을 앞두고 교과서와 통학용 정기승차권을 구입하거

나 학교 제출 서류를 준비하는 등의 번거로운 일도 일단락되고, 담임과 교과 담당 선생님 그리고 반 아이들의 이름을 하나둘 외우며 새로운 환경과 생활 방식에 적응했을 때쯤에야 나가미네에게 장문의 메시지를 보낼 마음의 여유가 생겼다.

그 무렵 나가미네는 화성으로 이동해, 다음 단계의 훈련을 시작한 참이었다.

날마다 도착하는 나가미네의 메시지로 본격적인 훈련이 시작된 것을 알 수 있었다. 훈련 내용이 전투 메뉴에 편중되어 있다는 것도.

왠지 모를 걱정이 앞섰다.

1,000명이나 되는 트레이서 조종사를 양성하는 목적이 무엇일까?

트레이서는 본래 행성 탐사 시 모든 환경에 대응할 수 있는 이동장비로서 개발되었지만, 어떤 장비를 장착하느냐에 따라서는 전투 기계로서의 측면이 부각될 수도 있다.

타르시안과 조우할 경우, 그들과 일전을 벌이게 될 상황을 상정해 나가미네를 비롯한 조종사들을 병사로 키우고 있는 것일까?

그렇다. 생각해보면 선발 대원들은 국제연합 우주군 소속이다.

타르시안 탐사대는, 타르시안과 조우할 수 있을까?

가능성이 완전히 없다고는 할 수 없다.

쇼트컷 앵커의 존재와 그 소재를 국제연합 우주군이 파악하고 있다는 것이 그 근거이다.

현재 타르시안은 쇼트컷 앵커를 통해 화성에 온 것으로 알려져 있다.

그 말은 곧, 쇼트컷 앵커를 거슬러 가면 언젠가 그들이 출발한 지점에 도달할 수 있다는 말이다.

쇼트컷 앵커란, 말하자면 우주 공간의 두 지점을 잇는 워프 게이트이다. 타르시안의 공격 직후, 그들이 이동하는 특이점으로서 화성의 공전 궤도 부근에서 처음 발견되었지만 최근까지 공개되지 않았다. 이후, 쇼트컷 앵커가 더 있을 것이라고 판단한 우주군 측은 타르시안의 첨단 기술을 도입한 신형 함선의 완성과 동시에 본격적으로 태양계 내부의 쇼트컷 앵커를 찾아 나섰다.

어쩌면, 내 추측일 뿐이지만 타르시안의 공격으로부터 6년이 지난 지금 본격적인 타르시안 탐사대가 꾸려진 가장 큰 이유는 이제야 비로소 탐사 여건이 갖추어졌기 때문이 아닐까. 즉, 태양계 밖에서도 쇼트컷 앵커가 발견되면서 그 너머 혹은 안쪽을 더 깊이 조사하려는 것이다.

……휴.

지금 나가미네가 있는 화성도 너무나 멀리 있는데 태양계 바깥이라니 정신이 아득해질 정도로 멀다. 아니, 솔직히 거리감조차 전혀 가늠할 수 없었다.

열 척의 함선, 천 명의 대원으로 구성된 타르시안 탐사대는 정말 먼 우주로 떠나는 것일까?

정말 그렇다면, 나가미네는 언제쯤 지구에 돌아올 수 있지?

물론, 아무리 먼 거리라도 단숨에 줄여주는 것이 쇼트컷 앵커이다. 이른바, 순간이동을 하는 것이기 때문에 시간적으로는 멀지 않을 수도 있다. 다만, 내가 걱정하는 것은 모든 쇼트컷 앵커는 일방통행이라는 소문이었다. 말하자면, 돌아오는 특급 승차권은 준비되어 있지 않다는 것이다.

애초에 쇼트컷 앵커에 대해서는 여전히 의문투성이이다.

쇼트컷 앵커가 인공적인 특이점인 것은 분명해 보이지만, 단순히 우주 공간에 뚫어놓은 터널도 아니고 어떤 외부적인 제어기구가 있을 텐데 그것이 어떻게 유지 관리 되고 있는지 전혀 밝혀지지 않았다. '뭔지는 몰라도, 여기 편리한 지름길이 있으니까 일단 한 번 가보자' 정도의 감각일 뿐이다.

더욱 소름끼치는 것은, 쇼트컷 앵커가 다수 발견되었다고는 하지만 아직 아무도 통과한 적이 없다는 것이다. 쇼트컷 앵커를 찾으면, 발신기를 부착한 탐사구를 투입하는데, 탐사구가 무사히 통과해 우주 어딘가로 빠져나가면 전파를 발신하는 식이다. 다만, 어디까지나 전파가 빛의 속도로 돌아오는 것이라서, 투입된 후 어디로 갔는지 여태 소식이 없는 탐사구도 물론 있다.

출구가 밝혀진 쇼트컷 앵커 이외에는 안전성이 전혀 보장되지 않는 셈이다. 물론, 출구를 찾은 쇼트컷 앵커도 어쩌다 기계 하나가 무사히 통과했을 뿐이지 파손될 수 있는 물건이 안전하게 도착할지는 누구도 장담 못 한다.

그 말은, 나가미네를 비롯한 탐사대원들은 사전 연습도 없이 터널로 들어간다는 것이다.

잠깐만, 정말 그래도 되는 걸까?

설령 무사히 어딘가에 도착한다 해도 어떻게 돌아올 생각이지?

돌아올 때는 완행이라면? 글쎄, 완행이라고 해도 최신예 함 리스테아라면 아광속으로 돌아올 테지만…….

나가미네, 잘 지내지?

고등학교 생활은 이제 많이 익숙해졌어.

방금 화성 기지에서 보낸 마지막 메시지를 받았어.

방과 후, 교실에 남아있었거든.

네가 떠나기 전에 얼른 답장하는 거야.

급히 전할 말이 있는 것은 아니지만 말이야.

아, 교실에 남아있었던 것은 부 활동 때문에 고민을 좀 하느라고. 오늘 중으로 신청서를 내야 하거든.

검도를 계속 할 생각이었는데 마음이 바뀌었어.

싫증이 난 것은 아닌데, 다른 가능성에도 도전해보고 싶어서.
궁도부 연습하는 것을 잠깐 봤는데 재미있어 보이더라고. 왠지 이랬다저랬다 한다고 혼날 것 같은데.
다음은 목성의 유로파 기지라고?
목성에도 국제연합 우주군이 진출했다는 것 정도는 알고 있었지만, 유로파에 기지가 있다는 말은 처음 들었어.
이거 혹시 기밀사항 아냐?
이러다 검열에 걸려서 깨진 글자만 가득한 메시지를 받게 될까봐 어쩐지 조마조마한걸. (농담) 무사히 유로파에 도착하길 빌게.
그럼 이만.

밀정 검객을 노리며… 테라오 노보루

노보루.
나는 지금 유로파에 있어.
아직 확실치는 않지만 여기에서 그리 오래 머물 것 같

지는 않아. 지상 훈련은 대부분 화성 캠프에서 끝난 것 같고, 유로파에서는 주로 발함(發艦) · 착함(着艦) 훈련을 하고 있어.

실은 벌써 훈련을 겸한 근무가 시작되었어.

다섯 개 조가 네 시간씩 교대로 근무하는 식이야.

함선 가장자리에 열 쌍의 트레이서 사출(射出) 장치가 있거든.

거기서 조종사 스무 명이 트레이서를 타고 대기하는 거야. 별일 없겠지만, 훈련 삼아 불시에 출동 명령이 내려지기도 해.

지금 있지, 사실은 근무 중이야.

언제 발진 명령이 내려올지 몰라서 긴장하고 있어.

중계 기지가 있는 것은, 여기까지야.

기지라고는 해도 지상 캠프가 아니라 우주정거장이 떠 있는 것뿐이라서 함선에서 내릴 일은 없어.

함선 생활은, 회사 사무실 같은 데 갇혀서 24시간 일만 하는 것처럼 갑갑하기는 하지만 나름대로 즐거울 때도 있어.

전에도 이야기했지만, 친구도 생겼고 말이야.
아, 걱정하지 마. 사토미 씨라고 나보다 두 살 많은 언니니까.
어차피 대원들 대부분이 여자이긴 하지만.
하지만 내가 제일 어리다보니 다들 귀찮게 여기는지도 모르겠어.
운항 중에는 자유롭게 다니지 못해. 거의 방과 식당을 오가는 정도. 바깥도 보지 못한다니까.
지금은 정박 중이라 규제도 풀리고, 자유 시간에는 목성을 감상하면서 보내고 있어. 목성은 온종일 보고 있어도 질리지 않아. 고온의 가스 구름이 역동적으로 소용돌이치면서 표면의 줄무늬가 시시각각 변하는 모습은, 정말 아름다워.
아, 그리고 선속관(flux tube)이라는 것도 봤어. 목성에서 이오로 떨어지는 태양계 최대의 번개 말이야. 굉장한 박력이었어.
노보루, 궁도부에 들어갔다고?
궁도부라면 여자 부원들도 많겠네?

궁도가 원래 여학생들한테 인기 있는 운동이잖아.
나도 여기 오지 않았다면 노보루와 함께 조호쿠 고등학교에 다녔을 텐데.
가끔 이렇게 트레이서 안에 혼자 있으면 '난 지금 어디에 있는 것일까?' '이런 곳에서 뭘 하고 있는 것이지' 하는 생각이 들어.
그냥 향수병일까?
다음 목적지는 아마 명왕성일 거야.
노보루와 점점 더 멀어지고 있어.
그럼, 다음 메시지는 명왕성(?)에서.

향수병에 걸린 미카코가

잘 지내지?
네 말대로 궁도부는 여학생 천지더라.
하급생인 나는 꿔다 놓은 보릿자루마냥 얌전히 지내고 있어.
이제 곧 고등학교 입학 후 최초의 시련, 중간고사가 다가오고 있어. 모든 과목이 중학교 때보다 훨씬 어려워.

이젠 벼락치기도 소용없을 것 같아.

주위에는 천하태평인 애들도 있지만 입학하자마자 얼굴빛을 바꾸고 대학 입시를 준비하는 애들도 있어. 나는 글쎄, 아직 장래에 대해 생각해본 적 없어.

나가미네, 왜 이렇게 기운이 없어.

너무 어렵게 생각하지 마.

명왕성은 어떤지 꼭 이야기해줘.

보고, 기대할게.

사토미 씨에게도 안부 전해줘.

장래 미정……. 테라오 노보루

이러니저러니 해도 나는 고교 생활을 즐기고 있다.

고교생의 일상에 매몰되어 있다.

나가미네는 머나먼 우주 저편에서 군대 생활을 하고 있다.

우리는 어떤 사이일까?

서로의 거리는 점점 멀어지고 만나지 못하는 시간은 매

정하게 흘러간다.

어느 날 갑자기 멀리 전학을 가버려 교실에서 사라진 친구. 나가미네는 내게 그런 존재일까? 처음에는 서로 연락을 주고받지만 점점 공통된 화제가 줄어들면서 연락이 뜸해지고 결국에는 누가 먼저랄 것도 없이 소식이 끊긴다. 나가미네와도 그렇게 되어버리는 것일까?

하지만 그게 다는 아닐 것 같다.

적어도 지금의 나가미네는 나를 필요로 한다.

그리고 나는…….

2047년 8월

명왕성

노보루.

나는 지금 명왕성에 있어.

태양계의 끄트머리, 결국 여기까지 와버렸네.

이제, 이곳에서 새로 배울 만한 것은 거의 없어.

배워야 할 내용은 모두 배웠고, 트레이서 조종에 관해서라면 무엇이든 자신 있어.

여기서는 앵커 포인트를 탐색하고 있어.

전에도 말한 것 같지만, 돌아오는 쇼트컷 앵커는 아직 찾지 못했어. 그래서 국제연합 우주군 관련 대원들이 계속해서 앵커 포인트를 찾고 있는데, 그 일을 돕는 거야.

명왕성에는 아직 베이스캠프가 없으니까.

이것도 훈련의 일환이라고 할 수 있겠지.
세 조가 하루 여덟 시간씩 교대로 리시테아 호 밖에 나와 포인트를 찾고 있어. 이것도 발함 훈련이기도 하고, 일단 함선 밖에서는 자유롭게 이동할 수 있거든.
트레이서는 본래 탐사기였으니까, 각종 감지기가 장착되어 있어서, 딱 맞는 일이야.
하지만 아마도 찾지 못할 것 같아.
아, 나는 마침 근무 시간대라 트레이서 안에 있어. 땡땡이치는 건 아니고, 일은 일대로 잘 하고 있어. 사실 일은 컴퓨터가 다 하고, 나는 컴퓨터를 지키고 있는 것뿐이지만 말이야. 지금까지는 이상 무.
이 별도 그렇지만, 앞으로 가는 곳은 기지가 없어서 지원도 받지 못해. 진짜 여행은 지금부터라는 생각이 들어.
다음 목적지는 아직 알려주지 않았어.
태양계 내부의 각 위성 주변에서는, 쇼트컷 앵커를 찾는 동시에 타르시안에 대한 감시도 이루어지고 있어.
하지만 아직까지 타르시안이 나타났다는 보고는 없어.
그러니까 역시 아무래도 태양계를 벗어나게 될 것 같아.

실은, 유로파 기지에 기항했을 때 몇몇 대원이 교체되었어. 소문으로는, 함대 중 한두 척이 후방 지원부대로 이곳 명왕성에 남는다는 것 같아.
난 여전히 기함 리시테아 호 근무야.
잔류 조에 들어가지 못한 것이겠지.
노보루, 난 말이야. 실은 타르시안이고 뭐고 찾지 못했으면 좋겠어. 더는 어딘지도 모를 머나먼 우주 따위 가고 싶지 않아.
아무 일 없이 얼른 임무를 마치고 지구로 돌아가고 싶어.
노보루, 그때까지 날 기다려줄 수 있어?

거기까지 입력하고, 미카코는 손을 멈추었다.

—노보루가 정말 나를 기다려줄까?

미카코는 손에 든 휴대전화 화면을 바라보며 한숨을 짓고 마지막 한 줄을 지워버렸다.

—몇 년이면 지구로 돌아갈 수 있을까? 요원 아저씨는 2, 3년이면 된다고 했지만 입대일도 갑작스럽게 바뀐 것을

보면 믿을 수 없어. 하지만 여기까지 온 이상 어쩔 도리가 없지. 도망가고 싶어도 트레이서로는 지구까지 갈 수 없으니까. 혹시 꾀병을 부리면 잔류 조에 넣어주지 않을까. 그런 방법 말고는 없겠지.

"미카코, 또 땡땡이치는 거야!"

조종석을 울리는 쩌렁쩌렁한 목소리에 미카코는 정신이 번쩍 들었다.

고개를 들자 화면 가득 사토미의 얼굴이 비치고 있었다.

"땡땡이 아니에요!"

"글쎄. 이봐, 또 휴대전화를 붙들고 있잖아. 노보루한테 메시지 보내고 있었지. 급하게 감춘다고 모를 줄 알고. 사령관에게 이를까보다……."

"너무해요……."

"농담이야……. 그나저나 이런 데서 백날 찾아봤자 쇼트컷 앵커가 그렇게 쉽게 찾아지겠어. 종일 함내에 가둬두기 뭐하니까 바람이라도 쐬라고 내보낸 거겠지……."

"그런데 무슨 일이에요……?"

미카코는 메시지를 계속 쓸 생각에 사토미의 말을 가로

막았다.

“몰라서 물어. 벌써 다음 조랑 교대할 시간이야.”

“어, 정말요?”

화면 구석에 표시된 시간을 흘깃 보았다.

함선을 떠난 지 여덟 시간이 지나 있었다.

“정신 차려. 얼른 안 가면 착함 게이트가 닫힐 지도 몰라.”

“사토미 씨는 어디에요?”

“착함 차례를 기다리는 중이야. 네가 여태 안 오기에, 이 언니가 귀여운 여동생이 걱정되어서 이렇게 친히 부른 거라고. 요즘 영 기운도 없어 보이고. 뭐, 명왕성까지 와 버린 마당에 기운 내라고 하기도 뭐하지만. 향수병에 걸리는 것도 무리는 아니지. 네가 나이도 제일 어리다보니 신경도 쓰이고…….”

“제가 그렇게 기운 없어 보였어요?”

“그래, 그렇다니까. 한참 잘 먹을 나이인데, 명왕성에 온 이후로는 밥도 잘 안 먹고 남기기 일쑤고.”

“그건 함내식이 질려서…….”

"그뿐만이 아니야. 전부터 궁금했는데, 물어봐도 돼?"

"뭐가요……?"

"그 옷 말이야!"

사토미가 손가락을 쑥 내밀었다.

"옷이 왜요……?"

"아니, 어차피 조종석에는 혼자 있기도 하고 누가 보는 것도 아니니까 조종에 방해가 되지 않는다면 옷을 입든 벗든 상관없긴 하지만. 아무리 그래도 그건 아니지 않니?"

"그런가, 난 그냥 좋아서 입은 것뿐인데. 신경 쓰지 마세요."

"신경 쓰여. 왜 하필 교복이야? 그것도 벌써 졸업한 중학교 교복을?"

나무라는 듯한 말투에 미카코는 휘둥그레진 눈으로 자신의 옷차림을 살폈다. 흰색 반팔 셔츠에 빨강색 넥타이. 중학교 때 입었던 여름 교복 차림.

"글쎄, 왜냐고 물어도……."

"네 마음이 아직도 중학교 시절에 머물러있는 건 아니고?"

"그럴지도 모르죠. 지급받은 옷은, 입고 싶지 않아서요."

미카코는 시선을 피하듯 고개를 숙였다.

"무의식중에서 부대의 일원이 되기를 거부하고 있는 거야."

"별로 싫지 않아요. 함대에서의 생활."

"하지만 내가 봤을 때, 네가 기운 넘치는 건 트레이서를 타고 연습할 때뿐이야. 어쩌면 훈련도 중학교 때 부 활동처럼 생각하는 것 아냐?"

"그렇게 말해도, 난 잘 모르겠어요……."

미카코가 고개를 들었다. 눈물이 맺혀 있었다.

"너……."

사토미가 뭔가 말하려던 때, 조종석 안에서 경보가 울렸다.

"뭐지, 나도 울렸어. 일단 끊는다!"

사토미의 얼굴이 사라지고, 명왕성을 배경으로 각 함선의 현재 위치를 나타낸 그래픽 화면으로 바뀌었다.

『타르시안 습격, 타르시안 습격. 트레이서 부대 발함 준비!』

—말도 안 돼!

『탐색 작업 중인 조종사들은 즉각 모함으로 귀환하라!』

—어디서?

—갑자기 왜?

생각은 나중으로 미루었다. 미카코는 행동을 개시했다.

"어디지, 타르시안은 어디에 있어?"

내장형 컴퓨터에 물었다.

배치 화면에 붉은색 점이 찍혔다.

『리시테아 호 부근. 게다가 리시테아 호에 접근 중.』

"내 위치는?"

화면에 푸른색 점이 떠올랐다.

가깝다. 리시테아 호보다 타르시안에 가까운 위치에 있다.

"다른 트레이서는?"

녹색 점 3개가 화면에 점점이 흩어져 있었다.

"타르시안을 향해 전속력으로 접근!"

그렇게 명령하고 화면에 의식을 집중했다.

리시테아 호를 비롯한 동료 함선에서는 아직 트레이서 부대가 출동하기 전이었다.

화면에 표시된 동료 트레이서 셋 중 두 기는 귀함하는

듯 보였다. 그때, 타르시안과 리시테아 호를 잇는 거의 같은 선상에 위치한 한 기가 몸을 돌려 타르시안을 향해 접근했다.

"아, 기다려. 어쩌려는 거야? 설마 혼자 싸우려고?"

미카코의 트레이서도 속도를 높이며 붉은색 점을 향해 다가갔지만, 정확하게는 대각선 뒤쪽에서 쫓아가는 상황이었다.

"예상 접근 지점까지 남은 시간은?"

『57초.』

"저쪽 트레이서는?"

『20초.』

"확대해줘!"

붉은색 점을 중심으로 시점이 이동하면서 녹색과 푸른색 점이 화면 안에 들어왔다.

"아! 세 대나 있잖아!"

하나로 겹쳐 보이던 붉은색 점이 세 개로 나뉘었다.

거기에 녹색 점이 돌진했다.

『감속을 시작합니다.』

컴퓨터의 무미건조한 목소리.

"기다려, 그대로 가속해. 나머지는 내게 맡겨."

어차피 늦는다.

하지만 감속할 생각은 없었다. 미카코는 손에 꼭 쥔 휴대전화를 조종석 옆에 딸린 작은 상자에 넣었다.

양손을 조작 글러브에 밀어 넣었다.

붉은색 점 세 개와 녹색 점이 점점 더 거리를 좁혔다.

—어쩌지?

—지원 부대는 오지 않는 거야?

『발진! 트레이서 부대, 발진!』

드디어 함선 사령부에서 발동 명령이 떨어졌다.

"안 돼, 너무 늦었어!"

화면 위에서, 붉은색 점과 녹색 점이 끝내 하나로 합쳐졌다.

미카코는 숨을 삼켰다. 순간 눈을 감고 화면에서 얼굴을 돌렸다.

고개를 돌려 눈을 떴을 때, 녹색 점은 사라지고 없었다.

—어떻게 된 거야? 당했어?

"감속, 전속 감속 개시!"

미카코가 다급히 외치며 수동 조작으로 트레이서를 감속 시켰다.

"남은 시간은?"

컴퓨터가 다시 계산했다.

『17초 전.』

거리가 훨씬 가까워졌다. 미카코는 실사 화면으로 전환했다.

은빛 비행물체 세 대. 처음 보는 모습이었다.

『……10초 전.』

미카코의 트레이서를 발견한 모양이었다.

바짝 붙어서 비행하던 타르시안은 세 방향으로 갈라져 각자 다른 궤도로 흩어졌다.

—아직 괜찮아. 뒤에서 접근하고 있으니까.

미카코는 궤도를 바꾸지 않고 리시테아 호를 향해 직진하는 타르시안을 표적으로 정했다. 미세하게 움직임을 제어하며 뒤를 바짝 쫓았다.

"감속 정지!"

은빛 비행물체와 점점 가까워졌다.

"분석!"

트레이서에 탑재된 각종 감지기를 총동원해 타르시안의 데이터를 수집했다.

분석이 끝난 데이터부터 차례로 화면 위에 표시되었다.

전체 길이, 폭, 추정 질량, 표면 구성 물질, 표면 온도, 내부 입체 구조…….

타르시안에 대한 정보는, 타르시스 유적에서 얻은 정보를 제외하면 극히 일부에 불과했다. 타르시안 개체의 형상이나 생리 기능에 대해서는, 유적에서 출토된 미라 형태의 화석에서 어느 정도 자료를 얻을 수 있었다. 하지만 그것도 수만 년 전의 자료다. 아마도 이것이 살아있는 타르시안과 접촉하는 최초의 순간일 것이다.

—고작 세 대로 뭐 하러 온 거야? 적진을 살피러 온 척후병인 거야?

『……2초, 1초. 거리 1,000미터로 고정합니다.』

—공격 안 해? 이제 어쩌지?

정면으로 타르시안에 돌격했던 동료 트레이서가 어둠속

으로 사라졌다.

타르시안과 어떤 접촉이 있었던 것일까? 아니면 일방적인 공격을 받고 허무하게 당했을까?

―기다려야 하나? 하지만 이대로라면 리시테아 호로 돌진할 텐데.

경보음이 조종석을 뒤흔들었다.

『전 트레이서에게 알린다. 타르시안을 포위, 공격하라.』

―싸워야겠지.

미카코는 이를 악물며 기합을 넣고 전투태세에 들어갔다.

"가속! 500미터 거리까지 접근해!"

거리 표시기의 숫자를 노려보며 750미터까지 접근했을 때 마침내 공격에 나섰다.

"미사일 6기, 발사!"

―맞아라!

얼핏 무작위로 보이는 궤적을 그리며 미사일 여섯 기가 타르시안을 쫓았다. 하지만 공격을 눈치 챈 타르시안이 옆으로 미끄러지며 미사일을 피했다.

"쫓아가!"

미카코의 트레이서도 뒤를 바짝 쫓으며 거리를 좁혔다.

"벌컨포 준비!"

왼쪽 팔에서 상자 모양의 포탑이 밀려 나왔다.

타르시안은 교묘하게 몸을 피하며 미사일 두 기를 따돌렸다. 그리고 접근해 온 다른 미사일 두 기에 붉은색 광선을 쏘았다.

광선을 맞은 미사일 두 기가 거의 동시에 폭발했다.

뒤따라온 나머지 두 기도 폭발에 휘말려 함께 터졌다.

순간, 시야가 뿌옇게 흐려지는 바람에 타르시안을 놓쳤다.

"어디, 어디에 있어?"

거리는 500미터에 고정되어 있었다.

미카코는 전체 스크린을 둘러보았다.

머리 위에도, 발밑에도 없었다.

"저기다, 바로 뒤야!"

미카코가 제어 페달을 힘껏 찼다.

트레이서가 반회전을 했다.

"찾았다!"

그렇게 외치는 동시에, 조작 글러브 안에서 발사 버튼을 눌렀다.

포탑에서 화염이 뿜어져 나오며 포탄 20발이 발사되었다.

그러고는 곧장 회피기동에 들어갔다. 제어 페달에 발을 올리고 거리를 유지한 채 포물선을 그리듯 아래로 내려갔다.

—맞아라!

연습대로라면, 간단히 해치웠을 것이다. 하지만 이것은 실전이고, 타르시안의 전투 방식에 대한 정보는 거의 없다시피 했다. 미사일이 전부 실패한 것도 그렇지만 어느새 등 뒤를 노리고 있었던 것도 예상 밖이었다.

포탄을 지켜보았다. 타르시안도 회피 기동에 들어갔다.

—제발!

어디로 피하든 맞을 수밖에 없게끔 포탄 20발의 착탄점을 미세하게 어긋나게 설정해두었다. 한 발만이라도 맞기를 바랐다.

"다음 포탄, 준비!"

타르시안이 주춤거리듯 미묘한 움직임을 보였다.

—맞았어?

술 취한 듯 갈지자로 비틀거리는가 싶더니 돌연 폭발을 일으켰다.

은빛 외각(外殼)이 여러 개의 파편이 되어 흩어졌다.

"좋았어, 명중이야."

하지만 그것으로 끝이 아니었다.

『접근! 접근!』

내장형 컴퓨터가 경고해왔다.

트레이서를 향해 빠르게 접근하는 물체.

기쁜 나머지 경계를 늦춘 미카코는 다음 행동을 취하지 못하고 그저 다가오는 물체를 바라보고만 있었다. 폭발하면서 탈출한 것일까, 크기가 훨씬 작은 은빛 물체가 빠르게 접근해왔다.

무슨 이유에서인지, 벌컨포를 발사할 마음이 들지 않았다. 동시에, 상대도 공격해올 것 같지 않았다.

타르시안은 트레이서의 바로 앞에서, 팔을 뻗으면 닿을 듯한 거리까지 미끄러지듯 다가와 그대로 멈추었다.

조종석에 앉은 미카코는 온몸이 굳어지는 느낌이었다.

무섭다. 하지만 무엇에 홀린 듯 몸을 꼼짝할 수 없었다.

타르시안의 외형은 게나 거북이처럼 딱딱한 껍질에 싸인 생물을 떠올리게 했다.

타르시안을 정면으로 마주보는 순간, 무언가 변화가 나타났다. 외형이 바뀌기 시작했다. 외각 틈새에서 촉수와 같은 것이 좌우로 뻗어져 나왔다. 머리로 보이는 부위에서는 목 같은 것이 비죽 솟아 나왔다.

좌우로 뻗어져 나온 촉수는 끝이 둘로 갈라져 있었는데, 그 끝이 계속해서 갈라지더니 결국에는 그물처럼 펼쳐져 양쪽에서 트레이서를 에워쌌다.

미카코는 공포를 느꼈다. 온몸이 굳어 움직일 수 없었다.

촉수 그물에 완전히 둘러싸였을 때, 하얗게 솟아 나온 머리가 트레이서 안에 있는 미카코를 향하듯 가까이 다가왔다.

그 끝이 쩍하고 벌어졌다. 거대한 구형 렌즈와 같은, 미카코가 직감적으로 눈이라고 느낀 그것이 바싹 다가왔다.

거대한 눈 하나가 마치 모든 것을 꿰뚫어보듯 미카코를 응시했다.

—그만둬!

마음속까지 멋대로 헤집고 들어오는 듯한 불쾌감.

혐오감이 온몸을 휘감았다.

"싫어!"

글러브를 힘껏 쥐고 휘둘렀다.

빔 블레이드가 뻗어 나왔다. 촉수의 그물을 북북 찢으며 있는 힘껏 베었다.

딱딱해 보이는 외각이 과일 자르듯 쉽게 잘려나갔다. 두 동강난 타르시안은 피처럼 새빨간 액체를 뿜어냈다.

미카코는 거친 숨을 몰아쉬며 뒤로 물러났다.

터져나간 타르시안의 파편이 어둠 속으로 흩어졌다.

"미카코, 괜찮아?!"

화면에 사토미의 얼굴이 떠올랐다.

"……."

말이 나오지 않았다. 화면을 전환했다. 트레이서 부대가 접근하고 있었다. 그 대열의 선두에서 불거져 나온 한 기가 사토미 같았다.

"아직 복귀 전이라 명령을 무시하고 곧장 달려왔어."

사토미의 얼굴이 강제적으로 끼어들어왔다.

“고마워요, 다 끝났어요.”

“남은 두 기는?”

“글쎄? 어디론가 사라졌는데.”

―어디로 갔지?

그러고 보니 다른 궤도로 흩어졌던 두 기가 보이지 않았다.

“무사해서 다행이야. 일단, 돌아가자.”

“네.”

여전히 굳은 얼굴로 대답하는 순간, 또 다시 경보가 울렸다.

『타르시안 무리 출현. 트레이서 부대는 즉각 귀함하라!』

“이게 무슨 말이야?”

“나도 몰라. 명령이니까 얼른 돌아가자.”

사토미의 얼굴이 화면에서 사라졌다. 동시에 화면에 나타난 지도 위에는 녹색 점들이 모함을 향해 되돌아가고 있었다.

―함대 결전?

"귀함!"

미카코는 그렇게 명령하고 쓰러지듯 조종석 시트에 몸을 맡겼다.

『타르시안 무리와의 거리, 12,000킬로미터. 개체 수, 100기 이상. 계속해서 증식 중.』

—쇼트컷 앵커를 통해 온 거야?

—문이 열렸단 거야? 역시 돌아오는 쇼트컷 앵커가 있다는 말이네. 단지, 우리 마음대로 오갈 수는 없다는 거지. 우리들은 그저 끌려 다닐 뿐.

"꾸물거릴 때가 아니야, 미카코. 도저히 상대할 수 없는 숫자라고."

또 다시 사토미가 화면을 비집고 들어왔다.

"도망친다는 거예요?"

"그건, 함대 사령관이 결정할 일이야. 서둘러."

무슨 생각인지, 미카코는 타르시안의 행동을 도무지 이해할 수 없었다.

한 가지 떠오른 것은, 방금 해치운 타르시안의 보고를 받고 무리가 움직인 것 같다는 생각이다.

지도를 보았다. 타르시안 무리를 나타내는 붉은색 점이 구름처럼 넓게 퍼져 함대를 향해 빠르게 다가가고 있었다. 그들은 공간의 한 점에서 잇따라 쏟아져 나오고 있었다.

상대가 안 된다.

『함대는 타르시안 무리와의 접촉을 회피한다. 지금부터 하이퍼 드라이브에 들어간다. 임무 중인 트레이서는 전원 즉각 귀함하라. 서둘러 귀함하라. 워프 아웃 포인트는 암호화해 전달하겠다. 각 함대는 워프 시각을 1분 후로 설정한다. 지금부터 카운트다운을 시작하겠다.』

—타르시안 탐색이 목적이면서, 그들을 만나자마자 꽁무니를 빼고 달아나는 거야?

미카코는 그런 모순이 답답했다.

—도망치지 않으면, 임무를 마칠 수 있을지도 모르는데.

그리고 임무를 마치면, 제대해 자유의 몸이 될 수 있다.

더 바랄 나위 없는 전개. 하지만 가능성은 희박했다.

어쨌든 함대 명령을 거스를 수는 없었다.

후미에 있던 미카코는 전속력으로 리시테아 호로 향했다.

30초가 경과하자 눈앞에 리시테아 호가 보였다. 벌써 회수(回收)를 기다리는 트레이서 두세 대가 대기하고 있는 상태였다. 그 뒤를 따라가면 된다. 시간은 충분했다.

미카코는 트레이서의 속도를 줄였다.

『경고! 타르시안 접근!』

컴퓨터가 경고했다.

—왜 하필 이럴 때!

재빨리 주위를 둘러보았다.

모습을 감추었던 타르시안 한 대가 등 뒤에 있었다.

미카코에게 접근하는 줄 알았지만, 아니었다. 회수를 기다리는 트레이서를 노리고 있었다.

—안 돼!

회수 게이트가 타격을 입으면 하이퍼 드라이브는 불가능하다. 아니, 가능할지도 모르지만, 워프 아웃과 동시에 부하를 못 이겨 치명적인 손상을 입을 수 있다.

—내가 막아야 해.

"쫓아가!"

모함 근처에서의 포탄 공격은 피해야 한다.

그렇다면 싸움 수단은 한정된다.

미카코는 타르시안의 앞쪽으로 파고들었다.

역시, 이 방법밖에 없다. 미카코는 빔 블레이드를 뽑았다.

타르시안을 향해 블레이드를 내리쳤다. 피했다. 타르시안은 미카코를 무시한 채 리시테아 호로 향했다.

—안 돼! 그리로는 못 가!

미카코는 옆구리를 빠져나간 타르시안의 등에 와이어를 내리꽂았다.

명중했다. 와이어를 되감았다. 거리를 좁혀, 이번에는 등 뒤에서 베었다.

이번에는 피하지 못했다.

두 동강난 타르시안의 파편이 허공으로 흩어졌다.

"몇 초 남았지?"

숨 돌릴 여유도 없었다.

리시테아 호를 보았다. 마지막 한 기가 회수 게이트로 사라지고 있었다.

리시테아 호를 에워싸듯 수많은 빛 알갱이가 발생했다. 엔진이 가동하기 시작한 것이다. 무수한 빛 알갱이에 둘러싸이는 순간, 공간이 왜곡되면서 함대는 아주 먼 곳으로 이동하게 된다.

『남은 시각, 12초.』

“충분해. 빨리 가면 돼. 아, 메시지.”

미카코는 휴대전화를 넣어둔 상자에 손을 뻗었다.

“지금 보내지 않으면…….”

하이퍼 드라이브로 1광년 내지 1.5광년 떨어진 지점으로 이동하게 되면 메시지가 지구에 도착하기까지 1년 이상 걸린다.

하지만 상자 안은 텅 비어 있었다. 주위를 둘러보고 머리 위에 휴대전화가 떠있는 것을 발견했다. 손을 뻗었지만 닿지 않았다.

―노보루…….

1년 후까지 기다려 줄까?

미카코의 트레이서는 빛 알갱이에 둘러싸인 리시테아호 안으로 사라졌다.

2048년 9월

계단 위

이번 여름을 어떻게 보내야 할지, 솔직히 혼란스러웠다.

여러 선택지가 있었지만 실제로는 어느 것 하나 결정하지 못하고 있었다.

그렇지 않아도 요즘은 싫든 좋든 장래에 대해 생각할 수밖에 없었다.

부모님과 선생님 그리고 반 친구들까지 입을 모아 '장래에 뭐가 되고 싶은지, 무슨 일을 하고 싶은지'를 물었다. 명확한 대답 같은 것이 있을 리 없다. 스스로도 무엇을 해야 할지 전혀 모르겠으니까…….

안 그래도 머릿속이 뒤죽박죽인데 더 혼란스러울 수밖에 없는 요인이 하나 더 있었다.

그것은 나가미네 미카코였다.

여자 친구 때문에 자신의 진로 하나 결정하지 못하는 나약한 인간으로 비춰질지 모르지만, 두 가지 의미에서 그것은 사실이 아니다.

우선, 나가미네는 내 여자 친구가 아니고, 또 한 가지, 나가미네가 내게 무엇을 어쩌라고 한 적은 단 한 번도 없다.

나가미네는 중학교 때 친하게 지내던 반 친구들 중 하나이다.

그런 나가미네가 중학교 3학년 여름, 국제연합 우주군의 선발 대원으로 뽑히면서 갑자기 사라졌다. 트레이서 조종사가 되어 타르시안을 찾아 나선다는 것이다. 중학교 3학년짜리 여자아이가 말이다. 그런 황당한 이야기를 어떻게 받아들여야 할지, 고양이가 강아지를 낳았다고 하는 편이 그나마 내게는 현실성이 있었다.

그런 허무맹랑한 이야기를 현실로 받아들일 수밖에 없는 유일한 이유는, 나가미네와 주고받은 수십 수백 통의 메시지였다. 우리는 연인이 아니라는 의미에서 특별한 관계는 아니었지만, 연인이 아닌데도 많은 이야기를 나누었다는 의미에서 특별한 관계였다고 할 수 있다.

나는 평범한 고등학생이었지만 공부를 하든, 밥을 먹든, 게임을 하든, 통학버스 안에서든, 반 친구들과 잡담을 하든, 멍하니 교실 창밖으로 교정을 내려다보든, 항상 마음 한구석에 우주와 타르시안과 나가미네 미카코를 품고 있었다.

물론, 부담스러울 때도 있었다.

나와 상관없는 일이라며, 나가미네를 무시하려고도 했다.

하지만 우주에서 오는 메시지는 무시할 수는 없었다.

아득한 시간과 공간을 뛰어넘어 다다르는 메시지.

전혀 다른 환경에서, 전혀 다른 목적으로 살아가는 두 사람.

나가미네의 여행이 계속되면서 서로의 거리와 시간은 더 크게 벌어졌지만, 이상하게도 나가미네를 그리는 마음은 더욱 강해졌다.

단순히 좋아하는 감정이라기보다 상대를 걱정하는 마음이었는지도 모른다. 그것이 분명해진 것은, 나가미네의 메시지가 끊긴 후였다.

나가미네의 마지막 메시지는, 명왕성에서 보낸 것이었다.

명왕성에 도착한 사실을 알리는, 나가미네답지 않은 짧은 메시지였다.

그 후, 사흘을 넘기지 않고 도착하던 메시지가 뚝 끊겼다.

무슨 일인지 불안했다. 최악의 사태까지 뇌리를 스쳤다.

그런 불안감은 절반쯤 맞았다.

함대가 타르시안과 조우한 것이다. 소규모 전투가 벌어지고 함대는 하이퍼 드라이브를 이용해 1.1광년 떨어진 곳으로 피신했다고 하는 불확실한 뉴스가 보도된 것은, 그 일이 일어난 지 4, 5일이나 지난 후였다.

한편, 우리 편 사상자가 있었는지 등의 자세한 경위가 나오기까지는 사흘이 더 걸렸다.

한 명의 희생자가 나왔다.

무수한 타르시안이 출몰해 전투가 벌어졌다고 한다. 그 과정에서 희생자가 발생했다. 충격적인 뉴스였다.

그제야 비로소 나가미네가 참가한 탐사대가 얼마나 위험한 임무를 실행하고 있었는지 깨닫고, 경악했다.

나가미네는 하루하루 위험을 마주하며 살고 있다!

그 뿐일까, 만일 그 희생자가…….

나가미네가 희생자일 수도 있다는 생각에 견딜 수 없이 불안했다.

나가미네의 메시지가 끊긴 것도 불안감을 증폭시켰다.

나가미네가 무사한지를 확인하려면 1년 넘게 기다려야 한다. 어떻게 이럴 수 있지? 결과는 이미 나왔는데, 그 결과를 확인하는데 1년을 마냥 손 놓고 기다릴 수밖에 없다니.

나가미네가 죽었다는 생각은 하고 싶지도 않았다.

틀림없이 살아있다고 믿고 싶었다.

이건 너무 가혹하다. 나가미네가 무슨 나쁜 짓을 한 것도 아닌데. 나가미네는 그저 운이 아주 나빴을 뿐이다. 운이 보통만 되었어도, 나와 함께 조호쿠 고등학교에 진학해 지극히 평범하고 일상적인 고교생활을 보내지 않았을까?

나가미네의 메시지가 오지 않는 1년.

나가미네의 생사조차 알지 못하는 1년.

그 1년을 평정심을 유지하며 보낼 자신이 없었다.

아직 무슨 일인지도 모르는데, 어쩐지 가슴에 휑하니 구멍이 뚫린 것처럼 공허했다. 한동안 무기력한 시간을 보냈다.

온종일 나가미네를 생각하며 기다리는 것은 너무나 힘든 일이었다.

매정한 인간이라고 할지 모르지만, 가능한 나가미네에 대한 생각은 하지 않기로 했다. 어쩔 도리가 없다. 지금 내게는 광대한 우주와 기나긴 시간에 대항할 수단이 아무것도 없었다.

내가 그렇게 평정을 유지하려고 애쓰는 동안, 세상은 타르시안 출현 보도 이후 점점 더 소란스러워졌다. 자취를 감추었던 타르시안이 명왕성에 대거 출현한 것이다. 흔한 공상과학 소설처럼 지구를 침략하러 온 것 아니냐며 전 세계가 발칵 뒤집혔다.

하지만 실제로는 리시테아 함대가 사라짐과 동시에 타르시안 무리도 일제히 어디론가 행방을 감추면서 전 세계적인 혼란은 일단 진정 국면에 들어갔다. 안정을 되찾자 이번에는 다양한 목소리가 터져 나왔다. 그 중에서도 '전 지구적 규모의 방위망을 긴급 강화해야 한다!'라는 의견이 비등했다.

또다시 거액의 국가 예산이 국제연합 우주군 관련 부문

에 투입될 것이라고 생각하면 한숨이 절로 나왔다.

이번에도 시대를 거꾸로 되돌리려는 것일까? '사치는 적이다!' 따위의 구호 아래 검소한 생활을 강요하는 세상이 돌아오는 것이 아닐까. 지금도 우리는 충분히 검소한 생활을 하고 있는데 말이다.

한편, 극소수이기는 하지만 국제연합 우주군 및 그 하부 조직인 항공우주 자위대의 폐쇄성을 문제 삼으며 '정보를 공개하라!'라는 비판의 목소리도 나왔다. 타르시안과의 접촉으로 희생자가 발생한 것이 그 계기가 되었다. 희생자의 이름이 공개되지 않자, 선발 대원들의 부모형제들이 서로 연락을 주고받으며 이제껏 공개되지 않았던 승선 대원들의 목록을 거의 완전한 형태로 만들어냈다. 그 내용이 매스컴을 통해 발표되면서 적잖은 파문이 일었다. 일본에서 선발된 218명의 탐사대원 전원이 여성이었던 것이다. 게다가 평균연령 18.6세로 대부분이 미성년자였다.

나가미네의 메시지로 대원 구성에 관해 알게 되었던 나도, 나가미네의 경우도 포함해서 어째서? 라고 의문을 품기는 했다. 하지만 이렇게 매스컴을 통해 실태가 명확해지자 이 비정상적인 선발이 무슨 의미와 필요성을 담고 있는 것인지 새삼 궁금해졌다.

물론, 국회에서도 쟁점으로 떠올랐다. 방위대신은 야당 의원들의 추궁에 궁색한 변명을 늘어놓았다. '트레이서의 설계 단계에서 탑재 옵션을 향상시키기 위해 탑승 공간을 줄일 수밖에 없었다. 그 결과, 신장 면에서 나이가 어린 여성이 적합하다고 판단했다. 또 최근의 우주 노동자들로부터 얻은 많은 자료를 통해서도, 폐쇄적인 우주 환경에서의 스트레스 내구성이 여성이 남성에 비해 우월하다는 것이 증명되었기 때문에 여성을 전형 기준의 최우선 사항으로 결정했다'라는 것이다. 아무래도 믿음이 가지 않았다.

치열한 논쟁을 부른 대원 선발 문제도, 끓어오르는 방위 논란에 덮여버리고 말았다.

내가 진정한 의미의 평정을 되찾은 것은, 2학년으로 올라간 후였다.

나가미네를 완전히 잊은 것은 아니었다. 무의식 깊은 곳에서는 줄곧 나가미네를 걱정하고 있었지만, 메시지가 오지 않는 것에는 익숙해졌다.

그 후, 타르시안은 종적을 감추었다. 들끓던 방위 의식이 진정되면서 세상은 평온을 되찾아가고 있었다.

평온하고 한편으로는 따분한 나의 고교생활에 뜻밖의 사건이 일어났다.

6월의 어느 날, 방과 후였다. 그것은 부 활동을 마치고 아무 생각 없이 연 신발장 안에 가만히 놓여 있었다. 순정만화에서나 보던 장면. 설마 자신이 그런 행운의 주인공이 될 줄은 상상도 하지 못했다. 보내는 사람도 받는 사람의 이름도 쓰여 있지 않은, 하얗고 작은 봉투. 잠시 당황했지만, 내용물이 무엇인지는 바로 알 수 있었다. 결투장 따위의 불길한 물건이 아닌 것만은 분명했다.

나는 봉투를 집어 잽싸게 주위를 둘러보고는 누가 볼세라 허둥지둥 가방에 넣었다.

집에 오자마자 방으로 직행한 나는, 방문을 잠그고 곧장 봉투를 꺼냈다.

책상에 봉투를 반듯이 올려놓고 두세 걸음 뒤로 물러나 어떻게 해야 할지 가만히 노려보았지만, 여유 있는 척하는 것도 3초를 넘기지 못했다.

이러니저러니 해도, 열일곱 살짜리 소년에게 이런 소박하고 순수한 아이템은 즉각적인 효과를 발휘하는 법이다. 말에게는 당근, 고양이에게는 개다래나무처럼. 나도 예외는 아니었다.

마음은 급했지만 신중하게 가위로 봉투를 자른 후, 내용물을 꺼냈다.

수수한 봉투와 달리 편지지는 옅은 분홍색이었다.

그것만으로도 잔뜩 들뜬 소년은 독해력이 급격하게 떨어졌다. 편지 내용을 파악하는 데 꽤 긴 시간이 걸렸다.

편지를 보낸 여학생은 타카토리 요코, 처음 듣는 이름이었다.

1학년 A반. 한 학년 아래였다.

좋아한다거나 하는 직접적인 표현은 한 마디도 없었다.

'내일 방과 후, 잠깐만 시간을 내주세요. 비오토프 숲 옆 벤치에서 헤세의 시집을 무릎에 올려놓은 긴 머리 여학생이 바로 저에요.'

다음 날, 소년은 방과 후가 몹시 기다려졌다.

같은 궁도부 후배에게 정보를 얻어 볼까 했지만 괜한 놀림을 당할 것 같아 꾹 참고 방과 후를 기다렸다.

편지에 쓰인 대로 헤세의 시집을 내려다보고 있는 긴 머리의 여학생이 나무 벤치에 앉아 있었다. 가까이 다가가, 어떻게 말을 걸어야 할지 머뭇거리는데 기척을 느낀 여학생이 고개를 들었다. 기대하지 않을 생각이었지만, 기대 이상의 용모에 소년은 한 방 얻어맞은 듯 할 말을 잃었다.

"나오지 않을까봐 걱정했어요. 실은 저 멀리서부터 선배가 오는 걸 알고 있었어요. ……처음 뵙겠습니다. 타카토리 요코예요."

처음부터 타카토리의 페이스에 말려들고 말았다.

타카토리는 좋아한다거나 사귀자는 말은 하지 않았다. 하지만 '연습에 방해가 되면 안 되니까'라며 내쫓기듯이 그 장소를 벗어났을 때에는, 이미 다음에 만날 약속을 정하고 빌려달라고 한 기억도 없는 헤세의 문고판 시집까지 건네받은 후였다.

꼼짝없이 타카토리의 작전에 넘어가면서, 소년과 타카

토리 요코의 교제가 시작되었다.

지극히 평범하고 건전한 남녀 교제.

주로 타카토리가 이끌어서, 타카토리가 좋아하는 장소에서 둘은 데이트를 했다.

물론, 궁도부 연습이 있기 때문에 자유 시간은 한정적이었다. 타카토리는 마치 개인비서처럼 매번 내 시간을 최대한으로 활용할 수 있는 데이트 계획을 세웠다.

통학용 승차권으로 갈 수 있는 지역 내의 시립 미술관이나 도서관 혹은 콘서트홀 같은 장소. 타카토리가 정한 데이트 장소는 하나같이 건전하고 합리적인 곳이었다. 이제껏 그런 공공장소에는 거의 가본 적이 없던 나로서는 솔직히 재미없고 따분했다. 하지만 온전히 타카토리가 주도하는 대로 움직이며 그런 따분함도 즐기고 있었다.

나는 무의식중에 나가미네와 타카토리를 비교했다.

나이는 나가미네가 한 살 위이지만 타카토리가 훨씬 연상처럼 느껴졌다. 그도 그럴 것이다. 내가 떠올리는 나가미네는 시간의 흐름 속에서 혼자 남겨진 것처럼 중학교 3학년 때 그대로 성장이 멈추어 있었다.

타카토리 요코는 청순한 외모지만 말투나 몸짓이 성인 여성스러운 분위기가 있었다. 똑똑하고, 키도 크고, 용모도 괜찮았다. 사실, 괜찮은 정도가 아니라 미소녀에 가까웠다. 그런 타카토리가 왜 나를 마음에 들어 한 것인지 이상할 정도였다.

타카토리의 말로는, 궁도부 2학년 테라오 노보루는 여학생들 사이에서 꽤 인기가 있다고 했다. 단지, 냉담하고 가벼운 것을 싫어해 여자 친구는커녕 남자 친구들과도 잘 어울리지 않는 까다로운 성격으로 보여서 어지간한 용기 없이는 대시하기 힘든, 한 마디로 가까이 하기 어려운 존재로 통하고 있다는 것이다.

터무니없는 오해였다.

다만, 나가미네 일을 겪으면서 대인관계가 어려워진 것이 사실이라 남들 눈에 까다로운 성격으로 비친다는 것은 스스로도 잘 알고 있었다.

타카토리는 오히려 그런 까다로운 면에 흥미를 느끼고 내게 다가온 것 같았다.

타카토리는 내 마음의 공백을 메워주었다.

나의 경직된 마음을 누그러뜨렸다.

타카토리를 좋아하게 된 것인지는 잘 모르겠다.

하지만 타카토리가 내게 청춘이라는 지극히 평범한 시절을 느끼게 해준 것만은 분명하다. 정말 고맙게 생각한다.

하지만 나 혼자 이렇게 행복한 청춘을 보내고 있다는 생각에 늘 마음이 무거웠다. 역시 마음 한구석 조그마한 상자에 넣고 꼭꼭 잠가두었던 나가미네의 존재를 무시할 수 없었던 것이다.

나가미네의 존재가, 타카토리에게 기우는 내 마음에 항상 제동을 걸었다.

타카토리가 이끄는 대로 자연스럽게 교제가 진전되는 것을, 언제나 또 한 사람의 차가운 자신이 붙잡았다.

"테라오 선배는 스스로 마음의 벽을 쌓고 있는 것 같아. 언젠가 내가 그 벽을 꼭 허물어줄게."

타카토리가 결의에 찬 눈빛으로 그런 말을 했던 것을 기억하고 있다.

북풍과 태양의 우화는 아니지만, 그렇게 선언한 타카토리의 태양처럼 따뜻한 애정에도 나는 우화의 결말과 반대로 점점 더 외투 깃을 단단히 여미는 괴팍한 나그네가 되어갔다. 정말 한심한 인간이다.

나가미네의 생사가 확실해지는 날이 다가온다.

나는, 나만이 마주해야 할 또 하나의 현실로 돌아가려 하고 있었다.

그날 나는 결심을 굳혔다.

나가미네의 결과를 기다려서 타카토리를 받아들일지 말지를 결정하는, 그런 제멋대로인 짓은 역시 할 수 없었다. 이유는 모르겠다.

타카토리는 그런 내 결심을 짐작했는지, 궁도부 연습을 거르고 함께 집에 가자고 했을 때 평소처럼 기쁘게 고개를 끄덕인 후 조금 쓸쓸한 표정을 보였다. 전철에서 내려 역사를 나오자마자 9월의 서늘한 비가 쏟아졌다. 나는 접이식 우산을 꺼내 타카토리와 함께 썼다.

타카토리는 말없이 내게 기댔다. 아직 동복으로 바뀌기 전인 하복 소매에서 뻗어져 나온 가늘고 흰 팔이 추워 보였다. 그 팔이 때때로 내 팔에 닿았다. 부드럽고 차가웠다.

오르막 계단 아래에 다다랐을 때, 용기를 내기로 했다. 이곳을 지나면 타카토리의 집까지 바래다주어야 한다.

나는 걸음을 멈추고, 타카토리보다 조금 앞에서 몸을 돌려 얼굴을 마주보았다.

"미안해. 더 이상 사귀지 못할 것 같아."

그러자 타카토리는 "알고 있었어" 라며 가냘픈 목소리로 대답하고 가만히 고개를 끄덕였다. 나는 손에 든 우산을 타카토리에게 주고 빗속을 뛰어갔다.

뒤도 돌아보지 않고 콘크리트 계단을 뛰어올라갔다.

계단 꼭대기까지 오르자 그리운 기억이 되살아났다.

어느 여름 날, 나가미네와 비를 피했던 조립식 버스 정류장이었다.

통학로가 바뀌면서 샛길로 새는 장소도, 상대도 바뀌었기 때문에 최근 2년 동안 한 번도 지나지 않았지만 주위 풍경은 전혀 달라지지 않았다. 아무도 찾지 않는 정류장도 2년의 세월만큼 더 낡은 모습으로 여전히 그 자리에 있었다.

나는 안도감을 느끼며 버스 정류장으로 뛰어 들었다.

정류장에는 아무도 없었다. 고양이들의 모임도 오늘은

없는 모양이다.

벤치에 앉아 젖은 셔츠 소매의 물기를 짰다.

한심한 자식이라고 자조하며 하늘을 올려다보았다. 비가 멎기를 기다리기로 했다.

한 20분쯤 흘렀을까, 갑작스럽게 휴대전화가 울렸다.

1년의 여정을 마치고 마침내 도착한 나가미네의 메시지였다.

메시지 내용이 중간에 끊기긴 했지만, 워프 아웃한 후에 발신된 것이 틀림없었다. 나가미네는 살아있었다.

기쁨이 조용히 차올랐다.

2047년 9월

시리우스

리시테아 함대가 워프한 지점 '시리우스 라인 β'는 주변에 어떤 행성계도 존재하지 않는 어둠에 싸인 텅 빈 공간이었다.

미카코는 함대에 회수되어 격납고로 옮겨지는 트레이서 안에서 워프 순간을 맞았다.

함내에 울려 퍼지는 카운트다운이 10초 전을 알렸을 때, 모든 주요 전원이 꺼지며 어둠에 휩싸였다.

미카코의 트레이서를 옮기던 컨테이너도 궤도상에서 움직임을 멈추었다. 안전을 위해, 트레이서 내부의 전원도 함대와 연동해 강제적으로 꺼지면서, 미카코는 또 다시 어둠 속에 홀로 남았다.

갑자기 나타난 타르시안. 그리고 처음 겪은 실제 전투.

그 흥분의 열기가 가라앉지 않아서인지 여전히 심장이 고동치고 숨이 가빴다. 온몸이 가늘게 떨렸다.

전투에 이겼다는 기쁨보다 타르시안과 직면했을 때의 공포가 미카코를 더욱 강렬하게 짓눌렀다.

촉수 그물에 사로잡혔을 때 느낀 극한의 공포. 빔 블레이드로 베었을 때 몸이 두 동강나는 생생한 느낌. 수차례 반복된 연습 후에 느끼던, 기분 좋은 피로감은 어디에도 없었다.

—이건, 부 활동 따위가 아니야!

미카코는 그제야 자신이 엄청난 일에 휘말렸다는 것을 마지못해 실감했다.

어둠 속에 혼자 남았다. 얼른 동료들에게 돌아가, 자신이 보고 겪은 일들을 모조리 쏟아내고 싶었다. 그러고 나면 조금은 이 버거운 마음이 가벼워질 것 같았다.

워프 순간, 조종석이 요동쳤다. 트레이서 내부의 이곳저곳에서 고주파 소음이 들려왔다. 세포 하나하나를 공이로 갈아서 으깨는 듯한 이제껏 단 한 번도 느껴본 적 없는 불쾌감이 엄습했다. 동시에 온몸을 끌어당기듯, 어디론가 빨려 들어가는 듯한 이상한 감각을 느꼈다.

불과 몇 초 만에 워프가 완료되었다.

트레이서의 전원이 들어오고 조금 늦게 트레이서를 실은 컨테이너가 덜컹덜컹 움직이기 시작했다. 워프 종료를 알리는, 함내 안내방송이 들려왔다.

함내의 장치들은 순조롭게 복구되었지만 승무원들이 움직이기까지는 어느 정도 시간이 필요했다. 말로 표현하기 힘든 불쾌감은 서서히 사라졌지만 저릿한 감각과 피로감이 좀처럼 가시지 않아 몸을 움직이기 힘들었다.

—아. 노보루에게 알려야 하는데.

바닥에 떨어져 있던 휴대전화를 줍기 위해 있는 힘껏 몸을 비틀어 팔을 뻗었다. 손가락이 움직여지지 않아, 더 이상 다른 말은 쓰지 못했다. 간신히 발신 버튼을 눌렀다.

—도착할 수 있을까?

현재 위치를 특정하기 어려웠는지 착신 소요시간이 표시되기까지 한참 걸렸다.

〈398일 13시간 XX분 XX초〉

휴대전화 나름대로 겸허하게 자신 없이 나타낸 결과였다.

—노보루, 고2가 되겠구나.

쓸쓸함이 밀려왔다.

트레이서 조종석에서 거의 기듯이 내려와 샤워를 하고 다시 기어서 방으로 돌아왔다. 그때, 호출이 있었다.

함교로부터였다.

미카코를 비롯한 트레이서 조종사들의 거주 공간과 함교를 중심으로 한 조타 승무원들의 거주 공간은 뚜렷이 구분되어 있었기 때문에 서로 얼굴을 마주할 일은 거의 없었다.

미카코도 30여명쯤 된다는 조타 승무원을 함내에서 마주친 기억은 없었다. 처음 있는 함교의 호출에도 놀랐지만, 상대가 함장보다 훨씬 높은 함대 총사령관이라는 것을 알고 더욱 놀랐다.

함교까지 가는 길이 실제보다 훨씬 더 멀게 느껴졌다.

총사령관실에서 미카코를 맞은 것은 50대로 보이는 푸른 눈의 사령관 길버트 로코모프였다. 영상으로는 몇 번 본 적이 있었지만, 직접 만나는 것은 처음이라 긴장했다.

부드러운 미소로 미카코를 맞은 로코모프 사령관은 유창한 일본어로 말했다.

"나가미네 씨, 수고했어요."

사령관은 의자를 권했다.

"당신의 뛰어난 활약 덕분에 타르시안에 관한 귀중한 데이터를 얻을 수 있었어요. 진심으로 감사드립니다."

그가 다부진 손으로 악수를 청해서, 미카코는 그 손을 잡았다.

"당신의 공로에, 어떤 식으로든 포상을 하고 싶습니다. 함내에서 불편한 점은 없습니까? 바라는 것이나 먹고 싶은 것은 없어요?"

상을 주겠다는 말이다. 어린애 취급을 당하는 것 같아서 마냥 기쁘지만은 않았다.

"그보다 궁금한 것이 있습니다. 제대로 대답해주셨으면 합니다."

"들어보죠."

사령관은 집무석에 앉아 자세를 바로잡으며 말했다.

"타르시안과 전투를 벌인 것이, 옳은 행동이었나요?"

사령관은 즉각 대답하지 않았다.

"타르시안은 우리의 적인가요?"

사령관은 생각에 잠겼다.

"솔직히, 나도 아직 모릅니다. 우리는 아직 그들과 이야기할 수 있는 수단을 갖고 있지 않아요. 타르시스 유적에서 나온 다수의 출토품을 분석했지만, 그들의 언어를 알 수 있는 어떤 단서도 찾지 못했습니다. 어쩌면 그들에게는 우리가 사용하는 문자와 같은 것이 없을지도 모릅니다."

"그렇다면 제가 그들과 싸운 것도 잘못된 일일 수 있겠군요."

"아니, 우리는 싸울 수밖에 없었습니다. 실제 희생자도 발생했습니다. 싸우지 않았다면, 우리가 당했을 겁니다."

"그렇다면 다음에 또 타르시안을 만나면, 이번처럼 싸워도 된다는 말인가요?"

"상황에 따라 다르겠지만, 명령에 따라 주십시오. 싸울지 말지는 총사령관인 제가 판단하겠습니다."

"알겠습니다. 명령에 따르면 되는 거군요."

로코모프 사령관은 깊이 고개를 끄덕인 후, 어조를 바꾸어 말했다.

"참, 한 가지 묻고 싶은 것이 있었습니다. 전투 중에 타르시안이 촉수와 같은 것으로 당신을 에워쌌었죠. 그것은 어떤 공격의 일종이었나요?"

"글쎄요, 공격으로 느껴지진 않았지만 그 후 공격할 생각이었는지도 모르겠습니다. 커다란 눈으로 꿰뚫듯이 쳐다보는 것이 굉장히 창피하기도 하고 기분이 나빴습니다만."

"꿰뚫듯이 쳐다보는 게 창피했다……. 알겠습니다. 어쩌면 그들도 우리에 대해 알아보려고 했는지 모르겠군요. 음, 고맙습니다. 오늘 교대근무는 빠져도 좋아요. 푹 쉬십시오. 참, 내일모레 함대가 이동할 것입니다. 쇼트컷 앵커를 이용해 워프할 계획입니다. 목적지는 시리우스 성계. 지구와는 8.6광년 떨어진 곳이죠. 연락해야 할 사람이 있다면, 오늘내일 중으로 연락을 해두십시오."

—지구로부터 8.6광년!

듣기만 해도 정신이 아득해졌다.

노보루에게.

난 지금 지구로부터 1.1광년 떨어진 장소에 있어.

지금쯤 노보루는 고등학교 2학년이겠지.

어제 보낸 메시지는 잘 도착했을까. 끝까지 다 쓰지 못해, 미안. 1년 넘게 아무 연락도 못한 이유는 대강 알고 있겠지.

맞아, 난데없이 타르시안이 나타났어. 게다가 급하게 하이퍼 드라이브를 하는 바람에 메시지를 보낼 틈이 없었어.

어제 보낸 메시지는, 무사하다는 것만이라도 알리려고 워프가 완료되자마자 보낸 거야.

많이 걱정했지. 정말 미안해.

기다리다 지쳐서 벌써 오래 전에 날 잊은 것은 아니겠지.

어쨌든 난 건강히 잘 있어.

오늘은 긴히 알려야 할 소식이 있어.

내일 함대가 또 다시 워프하게 되었거든.

이번에는 쇼트컷 앵커를 이용해 아주 먼 곳까지 이동할 생각인가 봐. 지구에서 8.6광년이나 멀리 떨어진 장소.

이제 정말 멀고 먼 우주로 떠나는 거야.

이제 서로의 메시지가 도착하기까지 8년 7개월이나 걸릴 거야.

우리는 우주와 지상으로 헤어진 연인 같아.

다음 메시지가 도착할 때, 노보루는 스물네 살이겠지.

나를 잊지 않고 기억해줄까.

그럼, 잘 자.

비극의 여주인공이 된 듯한 미카코가

워프를 마친 리시테아 함대의 승무원들을 맞이한 것은, 어딘지 모르게 그리운 광경이었다.

활활 타오르는 붉은 태양과 그 주위를 도는 행성들.

쇼트컷 앵커를 발견한 예비 조사 단계에서, 아가르타라고 이름 붙여진 제4행성이 지구와 비슷한 환경을 갖춘 것으로 밝혀졌다.

워프 전날 밤, 미카코를 비롯한 트레이서 조종사 전원은 식당에 모여 아가르타 조사계획에 대한 간단한 교육을 받았다.

단기적으로는 아가르타 전역의 지상 탐사를 실시해 타르시안 문명의 흔적이 있는지를 조사하고, 장기적으로는 이 행성에 거점을 구축하고 더 먼 우주로까지 타르시안 탐사를 넓혀가는 발판으로 삼는다는 것이었다.

다만, 이것은 어디까지나 조사 계획의 대강이며 조사 기간에 대해서는 조사가 진전되는 상황을 보고 결정하게 되어 있다.

워프 완료 후, 함대는 곧장 아가르타 위성 궤도로 이동했다.

한나절 동안 위성사진을 찍고, 그 사진을 바탕으로 꽤 정확한 지도가 만들어졌다.

그리고 그 지도를 토대로, 각 함선마다 조사 담당 구역이 정해졌다. 각 함선에서 조사대가 꾸려지고, 구역을 세분해 대원들에게 배정했다.

절반은 조사를 위해 지상에 내려가고 나머지는 함선에 남는 식으로 12시간 교대 근무를 하게 되었다. 지상조사대원은 12시간 내내 조사 활동을 하고, 함선에 대기하는 대원은 휴식과 긴급 출동에 대비한다. 조사 기간을 못 박은 것은 아니었지만, 아무 일 없이 일정대로 조사가 이루어진다면 한 달이면 전 구역 탐색을 마칠 예정이었다.

10기의 함선은 저마다 담당 구역 상공으로 흩어지며 하강했다.

조사 첫날, 각 함선에서 50여기의 트레이서가 차례로 지상으로 내려갔다.

대기권에 돌입해 발밑에 펼쳐진 지상의 풍경을 본 미카코는 마음이 평온해지는 것을 느꼈다.

오랜만에 보는 녹음이었다.

아가르타의 대지는 녹음에 뒤덮여 있었다.

달 표면 베이스캠프에 강제 수용된 이래, 금속 재질의 단조로운 색조에 둘러싸여 생활했다. 태양계 안에서 머물렀던 어떤 행성이나 위성에서도 생명 활동이 느껴지는 색채를 본 적이 없었다.

1년하고도 수개월 남짓, 얼마나 척박한 환경에서 살아

왔는지 아가르타의 녹음을 보며 절실히 깨달았다.

낮은 하늘에 하얀 구름이 드리워져 있고 그 구름 사이로 지상을 뒤덮은 황록색 초원과 짙은 초록빛 숲이 엿보였다. 고도가 낮아질수록 지상의 모습은 더욱 선명해졌다. 산과 언덕과 계곡이 있고 강이 흐르며 호수에는 햇빛이 반사되었다.

일제히 하강한 50여기의 트레이서는 지상 1,000미터 상공에 도달하자 우산을 펼치듯 사방팔방으로 흩어졌다.

미카코는 근방 지역을 맡은 동료 트레이서 다섯 기와 편대를 이루어 목적지까지 비행했다.

대열을 이루어 낮은 하늘을 날아가는 새들의 모습도 확인할 수 있었다.

감동적인 광경이었다.

지구 이외에도 생명으로 가득 찬 별이 존재하며, 최초의 발견자로서 자신은 그 광경을 목격하고 있는 것이다.

각자 맡은 구획이 가까워지자 편대비행을 해산했다.

미카코는 혼자가 되었다.

지상에 발을 디뎠다. 주위는 완만한 기복을 이룬 초원지

대였다.

대지를 밟고 선 트레이서의 발아래에서 작은 동물 여럿이 깜짝 놀라 뛰어올라, 한순간 햇빛을 받고 모습을 드러냈다가 금세 풀숲으로 숨어버렸다.

미카코가 맡은 구획은, 한 변이 100킬로미터쯤 되는 정방형으로 생각보다 범위가 넓었다. 제대로 탐색하려면 시간이 빠듯했다.

미카코는 명령대로 보행조사를 시작했다.

미카코를 태운 트레이서는 한 발 한 발 대지를 딛고 앞으로 나아갔다.

달 표면 기지에서 수없이 되풀이한 기본 동작이 이런 장소에서 도움이 될 줄이야.

주위는 끝없이 펼쳐진 초원으로, 타르시안의 흔적 따위 도무지 있을 것 같지 않았다.

지루한 행진이 시작되었다.

—흔적이라니, 대체 뭐지?

지상 건조물이 존재하지 않는다는 것은, 지도 작성 단계에서 확인되었다.

미카코는 2시간쯤 트레이서를 직접 조종하다 나머지는 컴퓨터에 맡기기로 했다.

새삼 지구의 풍경과 비슷하다는 생각이 들었다.

하지만 실제 지구에서 이런 풍경은 볼 수 없다.

아가르타는 때 묻지 않은 자연 그대로의 모습이었다. 아가르타의 대지는 생명으로 넘쳤다. 하지만 거기에는 지적 생명체의 존재가 의심되는 어떤 흔적도 느낄 수 없었다.

그 결정적인 차이 때문에 미카코는 오히려 지구의 낯익은 풍경이 더욱 그리웠다.

2시간 남짓 계속 걸었다.

초원이 산들산들 움직였다. 바람이 불었다. 검은 구름이 하늘을 덮기 시작했다.

미카코는 트레이서의 걸음을 멈추었다.

—아, 비다.

여름날 지나가는 비처럼 후드득후드득 빗방울이 떨어졌다.

트레이서는 비를 맞으며 우뚝 서 있었다. 점점 거세지는 빗줄기가 지상의 빛깔을 새롭게 칠했다. 구름 사이로 스포

트라이트가 쏟아지듯 햇살이 비쳐들었다.

하늘을 올려다보는 미카코의 눈에 눈물이 번졌다.

—비를 맞고 싶어.

—같이 편의점에 가서 아이스크림도 먹고 싶어.

미카코는 눈을 감고 참았던 것을 토해내듯이 말했다.

—보고 싶어, 노보루!

뺨을 타고 흐르는 눈물이 떨어져 교복 치마를 적셨다.

스물네 살의 노보루에게.

안녕. 열다섯 살의 미카코야.

있잖아, 난 지금도 노보루를 정말 많이 좋아해.

미카코는 간절한 마음을 담아 발신 버튼을 눌렀다.

—꼭, 전해줘.

탐사대로 선발된 이후, 자나 깨나 훈련 과제를 달성하고 기술을 익히느라 정작 자신을 돌아볼 시간은 없었다. 아니, 실은 일부러 자신을 다그치며 받아들이기 힘든 부조리에 눈을 감아왔다.

하지만 이제 한계였다.

미카코는 울었다. 울고 싶은 만큼 울었다.

1년간, 한 번도 흘리지 않았던 눈물이 끝없이 흘러넘쳤다.

눈물이 마를 때까지 울고 또 울다 지쳐서 시트에 몸을 기댔다.

문득, 누군가의 기척이 느껴졌다.

—누구지?

눈을 뜬 순간, 눈부신 빛이 쏟아져 들어왔다.

여러 영상이 순식간에 눈앞을 스쳤다.

내가 살던 고층 맨션, 검도복을 입은 나, 건널목에서 화물 열차가 지나가기를 기다리는 나, 아무도 없는 교실, 어지러이 널려있는 책상, 칠판에는 노보루와 나가미네 미카코가 나란히 우산을 쓰고 있는 모습의 낙서, 노보루의 자전거 뒷자리에 타고 있는 나, 버스 안에서 잠든 척 노보루의 어깨에 기댄 나…….

하나같이 그리운, 마음속 앨범에 간직해둔 잊지 못할

영상.

그런데 누군가 훔쳐보고 있었다. 커다란 눈으로 훔쳐보고 있었다.

순간, 타르시안의 모습이 눈앞을 스쳤다.

깜짝 놀란 미카코가 고개를 들었다.

초원 위에, 누군가와 마주보고 두둥실 떠있는 나.

그리고 조금 어린 내가 눈앞에 있었다.

"이제야 여기까지 왔구나."

어린 미카코가 부드러운 목소리로 말했다.

"어른이 되려면 고통도 필요하지만, 너희라면 훨씬 더 멀리까지, 더 머나면 은하의 끝까지라도 갈 수 있어. ……그러니 따라와. 너희에게 맡기고 싶어."

미카코는 슬픈 얼굴로 어린아이처럼 고개를 절레절레 흔들었다.

"하지만 난 노보루를 만나고 싶은 것뿐이야……. 좋아한다고, 말하고 싶은 것뿐인데……."

말라버린 눈물이 어느새 다시 흘러내리고 있었다.

미카코는 와락 엎드려 울었다. 아무도 없는, 중학교 고실에서, 책상에 엎드려 울었다.

석양이 비쳐들어 교실을 붉게 물들였다.

"괜찮아. 꼭 다시 만날 수 있어."

엎드려 우는 미카코를, 이번에는 어른이 된 미카코가 따뜻하게 위로했다.

어른이 된 미카코가 작별을 고하며 돌아섰다. 고개를 들자, 두 미카코 사이를 선로와 건널목이 가로막고 있었다. 미카코가 쫓아가려고 하자, 차단기가 내려왔다. JR선 화물열차가 눈앞을 통과했다. 그곳에는 이미 아무도 없었다.

건널목도, 선로도 어느새 사라지고 없었다.

눈앞에 펼쳐진 것은, 아가르타의 초원이었다.

어느새 비가 개고 초원의 푸른 잎들이 싱그럽게 빛나고 있었다.

—뭐였지? 꿈? 내가 잠이 들었던 거야?

꿈이라고 하기에는 너무나 생생했다.

—정말 타르시안이었을까? 왜 자신들의 적인 내게 말을 건 거지?

깜짝 놀란 미카코가 주위를 둘러보았다.

트레이서는 대지의 경계인 벼랑 끝에 서있었다.

—어느새 이런 곳까지?

웅크리듯 트레이서를 구부려 벼랑 아래를 내려다보았다.

"저게 뭐지?"

어디선가 본 듯한 광경이었다.

—맞아, 타르시스 유적!

똑같은 형태의 주거 흔적이 벼랑에 달라붙듯 겹겹이 쌓아올려져 있었다.

—찾았다! 아가르타에서 찾았으니 아가르타 유적이네.

곧장 보고하려고 통신 회로를 열었을 때였다. 미카코를 호출하는 경보음이 울렸다.

『타르시안 출현, 타르시안 출현!』

화면이 곧장 임무 지도로 전환되었다.

『각지에서 출현한 타르시안이 조사대를 공격하고 있다. 전 대원에게 알린다. 즉각 응전하라.』

—대체 왜? 이게 너희가 말한 고통이야?

하늘에서 무언가가 맹렬한 속도로 떨어졌다.

1킬로미터쯤 떨어진 대지에 내리꽂히며 거대한 불기둥

이 솟구쳤다.

—왜, 꼭 싸워야 하는 건데?

손등으로 눈물을 훔친 미카코가 낯빛을 바꾸었다.

전사의 얼굴이었다.

2048년 9월

노보루의 방

태양계 밖에서 도착한 나가미네의 두 번째 메시지.

우리는 우주와 지상으로 헤어진 연인 같아.

나도 모르게 버튼을 누르던 손을 멈추고 말았다.

타이밍이 지나치게 좋았던 것인지 나빴던 것인지, 이제 막 타카토리를 찬(?) 내게는 너무 무거운 내용이었다.

고작 1년이 지났을 뿐인데, 이런 꼴이다.

8년 7개월이 무슨 의미인지 당장은 상상도 할 수 없었다.

나가미네 스스로도 이렇게 긴 여행이 될 줄은 몰랐을 것이다.

사기다, 속임수다, 감쪽같이 속은 것이다. 너무하다. 해도 너무했다.

이 분노를 어디에 풀어야 할까.

내가 할 수 있는 것은, 이 분노를 나가미네와 공유하는 것뿐이었다.

더욱 잔인한 것은, 1년을 기다려 메시지를 받는 것은 좋지만 답장을 할 방법이 없는 것이다.

지금 이미 나가미네가 워프한 태양계 밖을 떠난 것은 분명하지만, 다음 이동지인 시리우스 성계에 아직 있는지 아니면 또 다시 이동했는지 확실치 않다.

내가 답장을 쓸 수 있는 것은 8년 7개월 후, 시리우스 성계에 도착한 나가미네의 메시지가 도착한 후가 될 것이다. 어쩌면 이미 그 시점에 나가미네는 또 다른 장소에 있을지도 모른다.

결국 내가 할 수 있는 것은, 나가미네의 메시지를 기다리는 것뿐이다.

그 8년 몇 개월 사이에 나가미네가 일시적으로라도 지

구에 돌아올 가능성이 있을지 생각해보았다. 더는 하이퍼 드라이브를 사용할 수 없을 것이다. 아광속 엔진을 사용해, 어떻게든 광속에 가깝게 가속한다고 해도 시간이 배로 걸릴 것이다.

가능성이 있다면, 운 좋게 돌아오는 쇼트컷 앵커를 발견하는 경우이다. 1년이 지난 지금까지 나가미네가 돌아오지 않았다는 것은, 돌아오는 쇼트컷 앵커가 아직 발견되지 않았다는 말이다. 아니, 어쩌면 발견하고도 복무를 계속한다는 상층부의 판단 때문에 돌아오지 못하는 것일 수도 있다.

기다리는 것 말고, 나는 무엇을 할 수 있을까?

정신이 아득해질 만큼 시간은 충분하다.

무언가 분명한 목표를 세우고, 그것을 향해 노력하자.

절대 열리지 않을 문을, 무의미하게 두드리는 짓은 이제 그만하자.

마음을 굳게 닫고, 오직 혼자서 어른이 되겠다고 결심했다.

2056년 3월

방위대학 기숙사

지나서 생각하면, 8년이 참 허무하게 지나갔다.

나는 나가미네의 메시지를 기다리는 대신 내가 나아가야 할 길을 찾고, 선택했다. 하지만 나가미네를 잊은 것은 아니다.

당시 사용하던 휴대전화는 지금도 계속 사용하고 있다.

사실상 나가미네 전용 휴대전화라서 벨이 울릴 일은 거의 없다.

하지만 꼼꼼히 충전도 하고 계약 갱신도 잊지 않았다.

그러니 아마 이삼 일 안으로 나가미네에게서 메시지가 올 것이다.

나는 지금 6년간 지낸 대학교 기숙사 방안에서, 조금 행복한 기분에 젖어 있다. 봄의 부드러운 햇살이 방안에 가득했다. 바람은 아직 차가웠지만 창을 활짝 열어두었다.

3평 정도의 방이 오늘따라 넓게 느껴졌다.

처음 들어왔을 때 이랬었나 하고 6년 전을 떠올렸다.

이사 업체에서 무슨 착오가 있었는지 어제 하루 먼저 와서 아직 다 못 싼 이삿짐을 전부 컨테이너에 싣고 가버렸다.

그래서 방에는 아무것도 없었다. 침구도 전부 가져가버려서 어젯밤에는 후배 몇 명으로부터 남는 이불과 담요를 빌려와 대충 깔고 잤다. 이번 주까지는 기숙사에 지낼 수 있다. 굳이 그럴 필요는 없지만 말이다.

방에 남아있는 것은 갈아입을 옷을 넣은 여행용 가방과 벽에 걸린 국제연합 우주군 제복뿐이다. 이것만큼은 이삿짐과 뒤섞이면 안 된다는 생각에 이사 업자에게서 거의 낚아채듯 가져왔다.

나는 올 봄부터 함대에서 통신 기술자로 근무하게 되었다.

고2 때 선택한 진로가 아마도 옳았다고 생각한다.

당시에는 항공우주 자위관이 지금처럼 인기 있는 직업은 아니었지만, 그래도 방위대학의 문턱이 꽤 높았기 때문에 나름대로 필사적으로 공부해서 합격할 수 있었다. 그래도 곧장 함대 근무를 맡게 될 수 있으리라고는 생각하지 않았다. 항공우주 자위관도 조직적으로는 국제연합 우주군에 속해 있지만, 함대 근무는 유독 문이 좁기로 유명했다.

나는 방위대학 공학부 통신학과를 졸업하고 대학원까지 진학했다.

졸업 후, 연구직으로 대학에 남는 길도 있었지만 일부러 현장을 선택했다. 처음부터 그럴 생각이었다.

나가미네 덕분에 우주에 관심을 갖게 되었다.

그럴 듯하게 들리지만, 거짓말이다.

열여섯, 열일곱 짜리의 행동원리란 지극히 단순하고 차마 남들에게는 말도 못할 만큼 부끄러운 것이기 마련이다.

그렇다, 나가미네를 다시 만나기 위해 나는 이 길을 선택했다.

좋고 싫고의 문제가 아니다.

만나서 뭘 어쩌려는 것도 아니다.

나가미네가 무사한지 확인하고, 내가 그저 메시지만 기다리고 있었던 것은 아니라는 것을 직접 말하고 싶었다. 그것뿐이었다.

그리고 그저, 9년이 지난 지금까지도 중학교 때처럼 공유할 수 있는 무언가가 우리에게 있는지 묻고 싶었다.

……어쩌면 나 혼자 그렇게 생각하고 있을 뿐, 나가미네는 벌써 나를 잊었는지도 모른다. 그래도 상관없다.

무엇보다 같은 국제연합 우주군 소속이라 해도 반드시 나가미네를 만난다는 보장은 없었다. 다만, 제1차 타르시안 탐사대의 보고가 들어오는 대로 제2차 타르시안 탐사대가 조직될 것이다. 확실한 소식통은 아니지만, 그런 은밀한 정보를 들었다.

게다가 영원히 만나지 못할 가능성도 생각해보지 않은 것은 아니다.

이런 소문이 돌았다.

'코스모너트에는 냉동 정자와 수정난이 실려 있다'라고.

물론, 인간의 것이다.

그 말인즉슨, 제1차 탐사대 선발 대원들은 근무 기한이 없다는 것이다. 타르시안의 소재를 확인할 때까지 평생 돌아오지 못할 수도 있다.

그뿐만이 아니라, 목적을 달성할 때까지 몇 세대에 걸쳐 탐사 여행을 계속해야 한다. 즉, 다음 세대의 대원을 낳고 기르기 위해 선발 대원 전원을 젊은 여성으로 뽑았다는 것이다.

인권 유린일 뿐 아니라 황당하기 짝이 없는 이야기이다.

하지만 지금은 비상사태이다. 만약 이 소문이 사실로 밝혀져도 여론의 반발을 사는 것은 한때에 그칠지도 모른다.

어쩌면 지금 나가미네는 어느 별에서 엄마가 되어 아이를 키우고 있을지 모른다. 상상도 하고 싶지 않지만, 그럴 가능성도 고려해서 어떤 경우도 침착하게 받아들일 각오를 해두기로 했다.

하지만 같은 이유로 제2차 탐사대도 여성만 선발한다면 나는 죽었다 깨어나도 함대에 배속되지 못할 것이다. 성전환 수술을 받는 것까지 생각해봤을 정도이다. 아이를 낳지 못하면 의미가 없다는 것을 깨닫고 바로 생각을 접었지만 말이다.

어쨌든, 지구에서 마냥 기다리는 것보다 다시 만날 가능성이 높으리라는 단순한 생각이었다.

6년 동안, 내 마음이 줄곧 흔들리지 않았다고 한다면 거짓말이다.

평범한 샐러리맨도 나쁘지 않겠다고 생각한 시기도 있었다.

그래도 어찌어찌 여기까지 왔다.

나가미네에게는 감사하고 있다.

급할 것은 없지만, 오늘은 부모님 집에 돌아갈 예정이다.

오전만이라도 여기서 느긋하게 보낼 생각이다.

휴대전화가 울린 것은, 나갈 준비를 하려던 참이었다.

스물네 살의 노보루에게.

안녕. 열다섯 살의 미카코야.

단 두 줄의 메시지였다.

나머지는 노이즈 때문에 읽을 수 없었다.

하지만 메시지가 온 것만으로도 기적이었다.

미카코의 마음이, 아득한 시간과 공간을 뛰어넘어 전해

진 것이다.

열다섯 살의 미카코는 내게 무슨 말을 하고 싶었을까?

지금, 스물네 살의 미카코는 어디서 무엇을 하고 있을까?

무슨 생각을 하고 있을까?

만나고 싶다고, 절실하게 생각했다.

2047년 9월

아가르타

화면에 습격 정보가 잇따라 떠올랐다.

아가르타 전 지역에 배정된 조사대 500명을 태운 트레이서 500기의 현재 위치를 나타내는 녹색 점이 구형 지도에 표시되고, 그것과 거의 같은 수의 붉은색 점들이 차례로 녹색 점 위로 겹쳐졌다.

포화가 치솟은 지점은 사각의 틀로 표시되어 번호가 매겨졌다. 그 숫자는 금세 두 자릿수로 늘더니 얼마 지나지 않아 세 자릿수에 달했다.

경보가 울렸다.

하늘에서의 일격 이후 불과 몇 초도 지나지 않아 타르시안 한 기가 미카코를 덮쳤다.

"어디지?"

하늘을 올려다보았다.

구름을 뚫고 은빛 타르시안이 급강하했다.

"대체 왜, 난 모르겠어. 모르겠다고."

미카코는 이를 악물고 응전을 시작했다.

부스터를 최대한으로 분사했다. 트레이서가 초원에서 수직으로 솟구쳤다.

그와 동시에 8기의 미사일을 상공으로 발사했다.

타르시안이 전방을 향해 붉은색 광선을 휘둘렀다.

붉은색 광선에 맞은 미사일 4기가 허망하게 공중 분해되었다.

남은 4기가 순식간에 흩어지며 광선을 피했다.

"제발!"

그 사이 미카코는 상승하는 트레이서의 궤도를 비스듬히 틀어 상대의 예상 통과 지점에 벌컨포를 발사했다.

상대도 당하고 있지만은 않았다. 미사일을 후려친 후 이번에는 트레이서를 향해 광선을 휘둘렀다.

트레이서의 감지기가 광선에 순간적으로 반응하면서 전자 방어막을 쳤다.

광선이 방어막에 닿자 엄청난 빛이 터져 나오며 섬광이 번쩍였다.

화면 영상이 순간 크게 일그러졌다.

"괜찮아, 버틸 수 있어!"

첫 번째 공격을 막아냈다.

거의 같은 고도까지 하강한 타르시안을 돌아보았다.

남은 4기의 미사일과 무수한 포탄을 모두 피했다.

"이번만은, 성공해야 해!"

미카코는 상승 가속을 멈추고 아래를 향해 두 번째 공격을 퍼부었다.

타르시안이 위로 솟구치며 또 다시 광선을 휘둘렀다.

포탄 망을 아슬아슬하게 뚫은 타르시안은 더 높이 상승했다.

"맞았어?"

방어막이 작동하며 엄청난 섬광이 시야를 가렸다.

시야가 밝아졌을 때, 타르시안은 이미 까마득한 높이까지 상승한 후였다.

또 다시 경보가 울렸다.

『궤도상에 타르시안 무리 출현! 트레이서 부대는 지상전 종료 후, 즉각 소속 모함을 엄호하라!』

화면을 보았다.

엄청난 수의 붉은색 점들이 아예 한 덩어리가 되어 지도를 뒤덮고 있었다.

아가르타 공전 궤도상에 흩어져 있던 모함들이 함대 결전에 대비해 리시테아 호 주변으로 집결하기 시작했다.

"서둘러야 해!"

지상전 지도에 눈을 돌렸다.

전투가 끝난 지역은 X표시가 찍혀 있었다. 적군과 아군의 피해 상황이, 무표정한 숫자로 나란히 표시되어 있었다. '트레이서 부대 -23'이라는 숫자가 눈앞에서 24로 늘었다.

—설마, 모두 당했다는 말이야?

타르시안 측의 숫자는 19. 게다가 총 개체 수는 파악조차 하지 못했다.

지상전 지도상의 붉은색 점은 줄기는커녕 늘어나는 것처럼 보였다.

지상에 있는 어느 기지에서 잇따라 지원 부대를 내보내고 있는 것이 아닐까.

"꾸물거릴 때가 아니야!"

미카코는 타르시안을 쫓아 상승했다.

낮게 떠 있는 뭉게구름을 뚫고 올라가자 지상의 모습이 한눈에 보였다.

초원, 숲, 하늘.

눈으로 보이는 곳에서만 십여 개가 넘는 포연이 피어올랐다.

—이건 너무하잖아!

이루 말할 수 없는 분노가 솟구쳤다.

—이게 무슨 탐사대야? 이건 마치 전쟁을 하러 온 것 같잖아!

미카코는 전속력으로 타르시안을 쫓았다.

—움직임이 이상해.

타르시안의 속도가 느려지고 있었다.

빠르게 쫓아가, 뒤에 바짝 붙었다.

은빛 외각 일부에, 검붉은 탄창(彈創)이 보였다.

—맞았구나.

타르시안은 미카코를 떼어내려고 급강하를 시작했다.

미카코도 즉각 방향을 바꿔 하강했다.

등 뒤에서 벌컨포를 발사했다.

은빛 외각을 뚫고 나온 돌기에 맞으며 터졌다.

타르시안은 균형을 잃고 빙글빙글 돌며 추락했다.

—아직 아니야. 놓칠 줄 알고!

미카코가 쫓아갔다.

아래에는 호수가 펼쳐져 있었다.

추락 직전, 균형을 되찾은 타르시안이 수면을 스치듯 수평 비행을 시작했다. 상승하려고 했지만 기수(機首)가 들리지 않았다.

타르시안은 호숫가에 우거진 숲을 향해 뛰어들었다.

우지끈우지끈, 고목을 쓰러뜨리며 무너지듯 멈추었다.

뒤쫓아 온 미카코는 짓밟듯이 발 아래에 타르시안을 쓰러뜨렸다.

"미안, 이제 끝이야!"

번쩍 치켜든 빔 블레이드를 은빛 외각에 꽂아 넣었다.

빔 블레이드를 뽑자 선혈이 솟구쳤다.

"서둘러야 해!"

미카코는 숨 돌릴 틈도 없이 날아올랐다.

지도에서 모함 리시테아 호의 현재 위치를 확인하고 맹렬한 속도로 상승했다.

리시테아 호를 중심으로 집결한 함대들이 부채꼴 모양의 진형을 갖추고 있었다.

성층권까지 나오자 지도가 아닌 탑재 카메라의 영상으로 함대를 확인할 수 있었다. 지상전을 마친 동료 트레이서들이 모함을 향해 속속 모여들고 있었다.

"미카코, 무사했구나."

화면을 비집고 나타난 것은, 사토미였다.

"아, 사토미 씨. 어디에요……?"

구석으로 조그맣게 밀려난 지도를 살폈다.

"벌써 와서 리시테아를 호위하는 중이야. 운이 좋았는지 내가 맡은 구역은 습격당하지 않았어."

모함 리시테아 호를 둘러싼 녹색 점들 중 하나가 깜빡이며 사토미의 위치를 알려주었다.

"다른 사람들은요?"

"지금은 몰라도 돼. 희생자 중에는 아는 얼굴도 있어. 하지만 지금은 누구냐고 묻지 마. 그걸 알려준 나도 언제 희생자가 될지 모르니까. 잘 들어. 당장은 쓸데없는 생각 말고 전투에만 집중해. 살아남는 것만 생각해야 해. 교전이 끝나고 살아남으면, 제일 먼저 나를 불러."

"사토미 씨……."

사토미는 애써 웃음을 지어보였지만 눈은 웃고 있지 않았다.

"지상에서도 계속해서 적들이 몰려오고 있어. 엄청 바빠질 거야."

사토미의 말대로, 지상에서 여러 개의 붉은색 점들이 다가오는 것이 보였다.

"리시테아, 지켜내야지."

"네."

"그럼, 행운을 빌게!"

사토미는 어색하게 윙크를 하더니, 화면에서 사라졌다.

이런 곳에 있고 싶지 않았다. 당장이라도 도망치고 싶

었다.

지금 당장 지구로 날아가 노보루를 만나고 싶었다.

만나서 '좋아해'라고 고백하고 싶었다.

—왜 말하지 못했을까.

—중학교 때, 기회는 얼마든지 있었는데…….

—왜 이렇게 되어버린 것일까.

지금, 말하고 싶다.

좋아한다고 고백하고 싶다.

아직 살아있는 지금.

—살아야 해.

—이 마음이 시간과 공간을 뛰어넘어, 노보루에게 전해질 때까지.

—스물네 살의 노보루에게, 열다섯 살 미카코의 마음이 전해질 때까지.

『경고!』

컴퓨터의 경보음을 듣고 미카코는 냉혹한 현실로 되돌아왔다.

『지상에서 타르시안 접근. 3기 편대, 거리 800미터.』

남은 벌컨포 탄환을 체크했다.

미사일 잔량도 확인했다.

"하는 데까지 해볼 수밖에 없어."

미카코는 트레이서의 진로를 바꾸었다.

소리 없이 함대 결전의 막이 열렸다.

타르시안 군대는 진형을 갖춘 함대를 향해 유유히 다가왔다.

대 타르시안은 코스모너트를 축소해놓은 듯한 크기였다. 납작한 방추형의 외관은 코스모너트와 매우 비슷했다. 표면은 타르시안의 외각과 비슷한 은빛을 띠고, 가시와 같은 돌기가 들쭉날쭉하게 솟아 있었다.

대 타르시안의 수는 50여기에 이르렀다.

모든 대 타르시안이 기수를 함대로 향하고 서서히 간격을 좁혀왔다.

상대를 유효 사거리로 유인하듯 천천히.

거리를 충분히 좁히자, 대 타르시안에 달라붙어있던 타르시안 개체가 일제히 분리되며 주위로 흩어졌다.

함대 쪽에서도 그에 대항해 함내에 대기 중이던 트레이서 부대를 대거 전투지로 내보냈다.

양 진영 주변에서 무시무시한 공중전이 벌어졌다.

수적인 우위가 그대로 전황에 반영되면서 초반부터 전세는 타르시안 측으로 기울었다.

트레이서 부대는 오로지 모함을 등지고 수세에 몰린 싸움을 할 수밖에 없었다.

타르시안 개체가 결코 우세한 무기를 가지고 있는 것은 아니었다. 타르시안 개체가 사용하는 무기는 붉은 광선뿐이었다. 트레이서에 장착된 전자 방어막이 공격을 잘 막아냈지만, 연거푸 공격을 받으면 방어막도 파괴되어 버렸다.

복수의 타르시안에 둘러싸여, 광선의 집중공격을 받은 트레이서가 하나둘씩 암흑의 바다로 곤두박질쳤다.

타르시안 측의 우위가 여전한 상태에서, 양측의 지루한 소모전이 이어졌다.

장착한 포탄을 다 쓴 트레이서는 보급을 받기 위해 일단 회수 게이트로 퇴각했다. 시간이 갈수록 교대로 보급을 받기도 쉽지 않았다. 회수 게이트를 지킬 트레이서를 확보하기 힘들어진 것이다.

총력전이 시작된 지 1시간이 경과하자 보급할 여유조차 없었다. 마지막 보급을 마친 후, 회수 게이트는 전투 불능이 된 트레이서의 회수에만 사용되게 되었다.

미카코도 마지막 보급을 마쳤다.

자세 제어용 가스 카트리지, 포탄, 미사일, 급속 배터리 충전기. 교환 보급을 능숙하게 마치고 숨 돌릴 틈도 없이 사출장치를 이용해 함선 밖으로 나갔다.

발진하는 순간, 구토가 날 것 같아 저도 모르게 얼굴을 찌푸렸다.

손을 올려 교복 넥타이를 느슨하게 풀었다. 숨이 찼다. 극도의 긴장이 계속되면서 정상적인 호흡이 불가능했다. 숨을 아무리 들이마셔도 산소가 폐까지 도달하지 않았다.

“얼마나 남았지?”

주위를 둘러보았다.

은빛 외각들이 우글거리고 있었다.

처치한 타르시안의 수를 10기까지는 셌던 것 같다. 그

후로는 기억이 나지 않았다. 아직 20기는 넘지 않았을 것이다.

이미 충분한 활약을 했다.

하지만 미카코 한 사람이 애쓴다고 해결될 일이 아니었다.

미카코는 여전히 엄청난 수의 타르시안 무리를 보며 무력감을 느꼈다.

끝없는 전투. 아니, 확실히 끝은 다가오고 있었다. 마지막 보급이라고 정해진 포탄을 모두 소모한 그때가 미카코가 벌이는 전투의 끝이었다.

—총사령관도 이번에는 도망갈 생각이 없는 것일까?

더는 쇼트컷 앵커도, 자력에 의한 하이퍼 드라이브도 사용하지 못한다는 것을 알고 있었다. 더는 도망갈 곳도, 구하러 와줄 사람도 없다.

—끝까지 싸우고, 또 싸워서 타르시안에게 인류의 긍지를 보여줄 셈인가?

모르겠다. 사령관은 무슨 생각을 하고 있을까.

정말 모르겠다. 대체 이런 전투에 무슨 의미가 있을까.

미카코가 날아올랐다.

리시테아 호를 지키는 트레이서의 수가 50기도 채 안 될 만큼 크게 줄었다. 아마 다른 함선도 비슷한 상황일 것이다.

미카코는 리시테아 호에서 떨어져 최전선으로 향했다.

타르시안이 벌떼처럼 덤벼들었다.

미사일과 벌컨포를 쏟아 부으며 재빨리 벗어났다.

리시테아 호로 방향을 트는 순간, 하늘이 무시무시한 빛으로 뒤덮였다.

대치중이던 모함과 대 타르시안이 주포(主砲) 공격을 주고받은 것이다.

미카코는 전투도 잊고, 그 광경을 바라보았다.

타르시안 측의 최전방과 함대의 모함 아홉 척이 거의 일대일로 마주보며 서로를 향해 고출력의 광선을 퍼붓고 있었다. 타르시안의 붉은색 광선과 함대에서 쏜 푸른색 광선이 중간에서 거세게 맞부딪치며 엄청난 불꽃이 튀었다. 마치 힘겨루기라도 하듯 양측이 발사한 광선은 서로에게 한 치의 양보도 없었다.

대 타르시안의 선단은 광선을 계속 쏘면서도 스크럼을 짜듯 함대 쪽으로 다가갔다. 양 진영의 거리가 점점 가까워졌다.

—어쩔 셈이야?

타르시안의 속셈은 무엇일까?

조사(照射) 거리를 좁혀서 광선의 출력 손실을 줄이려는 것일까?

눈앞에서 믿을 수 없는 광경이 펼쳐지려 하고 있었다. 타르시안 측은 거의 0에 가까운 거리까지 접근했다. 멀리서 보면, 아군과 적군이 함선의 코끝을 맞대며 합체한 것처럼 보였다. 서로를 향해 쏜 광선이 상대를 휘감았다.

섬뜩한 광경이었다.

이렇게 되면 어느 쪽도 움직이지 못하고, 다른 함선이 옆에서 접근할 수도 없었다. 먼저 힘을 소진하는 쪽이 치명적인 손상을 입게 될 것이다.

먼저 백기를 든 것은, 타르시안 측이었다.

거대한 동체가 섬광을 내뿜으며 눈부시게 빛나더니 일순 공기를 잔뜩 넣은 고무풍선처럼 부풀어 오르다 급기야 수많은 빛 알갱이가 되어 어둠 속으로 터져나갔다.

곧이어 또 다른 충돌 장소에서 대 타르시안이 폭발했다.

—굉장해. 함대가 이기고 있어!

하지만 타르시안 측에서는 빈자리를 메우듯 뒤에서 차례를 기다리던 대 타르시안을 계속해서 투입했다. 타르시안 측은 얼마든지 전력을 보충할 수 있었다. 무시무시한 소모전이었다. 결국에는 모함 통째로 소멸하고 말 것이다.

목숨을 건 공격이었다.

타르시안 측이 이렇게까지 해야 할 이유가 있을까?

대 타르시안이 잇따라 폭발했다. 이대로라면, 함대 측이 역전할 가능성도 있다.

—이길 수도 있어!

절망적이었던 교전 상황에 역전의 가능성이 엿보였다.

—좋아, 어떻게든 리시테아만 지켜내면 돼.

미카코는 또 다시 최전선으로 뛰어들었다.

격전 끝에 타르시안 두 기를 떨어뜨리고 벗어나보니 형세가 뒤집혀 있었다.

타르시안 측의 전력이 눈에 띄게 줄어 있었다. 그런데 함대 측의 상태가 이상했다.

새하얗던 코스모너트의 표면이 하나같이 시뻘건 화염에

휩싸여 있었다. 내열 장갑(裝甲)이 한계에 다다른 듯했다.

—제발, 버텨줘!

미카코의 바람은 이루어지지 않았다.

결국 코스모너트 한 기가 녹아내리기 시작했다.

표면의 내열 장갑이 녹아내리며 불꽃이 치솟는가 싶더니 이내 맹렬한 빛을 뿜어내며 거센 폭발을 일으켰다.

"아, 떨어진다."

악몽의 연속이었다.

이미 한계에 다다른 인접 함선이 날아온 파편에 맞아 덩달아 폭발했다.

"안 돼, 함대가 전부 가라앉고 있어."

일렬로 늘어선 함대가 도미노처럼 잇따라 폭발하며 모두 붕괴해 사라지기까지 1분도 채 걸리지 않았다.

빛의 홍수가 멎고, 정적이 찾아온 공간에 살아남은 것은 한 기의 대 타르시안과 온전한 상태로 후방에서 대기하던 리시테아 호뿐이었다.

전위대를 잃은 기함 리시테아가 혈혈단신으로 상대를 마주하고 있었다.

대 타르시안은 주저 없이 전진했다.

우직하게 똑같은 공격을 해 올 것이다.

—리시테아 호까지 당하고 말 거야.

—안 돼. 이제 그만해. 더는 안 돼. 모두 죽는다고!

미카코는 울고 있었다.

흐느끼며 리시테아 호로 접근했다.

—내가 리시테아 호를 지킬 거야!

미카코는 리시테아 호의 상부 갑판에 서서 정면으로 다가오는 대 타르시안을 마주보았다.

눈물을 훔치고, 숨을 고르며 기다렸다.

리시테아 호는 좌우 현측에 장착된 광선포의 포탑을 꺼냈다.

거의 동시였다. 리시테아 호의 모든 포탑에서 일제히 광선포가 뿜어져 나오자 대 타르시안도 광선을 퍼붓기 시작했다.

미카코는 부스터를 내뿜었다.

최후의 대 타르시안을 향해 맹렬한 속도로 돌진했다.

미카코의 돌격을 눈치 챈 타르시안 개체가 잇따라 진로

를 막아섰다.

미카코는 미사일과 포탄을 모조리 쏟아 부으며 눈앞의 적을 물리쳤다.

대 타르시안의 광선을 교묘히 피하며, 미사일과 포탄으로 처치하지 못한 타르시안 개체는 모두 빔 블레이드로 해치웠다.

미카코는 경이로운 운동 능력과 반사 신경을 발휘하며 대 타르시안에 접근했다.

그러나 미카코도 온전한 상태는 아니었다.

타르시안 측은 격렬히 응전했다. 앞을 가로막은 타르시안 개체가 휘두른 광선을 여러 번 맞아 급기야 방어막이 파괴되었다.

다음 순간, 한쪽 팔이 잘려 나갔다.

균형이 무너지면서 미끄러질 뻔 했지만 비어버린 미사일 발사기 한쪽을 떼어내서 균형을 되찾았다. 자세 제어용 가스 카트리지의 잔량이 얼마 남지 않았다.

—이것도 필요 없어.

다 쓴 전자 방어막용 배터리 팩도 버렸다.

쓸모없는 장치를 하나둘 떼어내 무게를 줄임으로써 제어 부담을 줄였다.

대 타르시안의 기수가 눈앞으로 다가왔다.

더 이상 앞을 가로막는 방해꾼은 없었다.

미카코는 정면 스크린과 내장 컴퓨터의 전원만 남기고, 기내의 모든 전원 스위치를 꺼버렸다.

한순간 정적이 찾아왔다.

조종석 안이 어둠에 휩싸였다.

—지금이야!

최대 출력을 방출하며, 빔 블레이드를 끝까지 뽑았다.

블레이드를 치켜들고 부스터를 최대한도로 뿜어내며 대 타르시안의 은빛 등을 갈랐다.

꼬리 쪽 분사구까지, 그 거대한 몸통을 세로로 길게 갈랐을 때 부스터의 연료가 바닥났다. 블레이드에 공급되는 전력까지 다 써버렸다.

트레이서는 오직 관성으로 대 타르시안을 벗어났다.

등 뒤에서 폭발이 일어났다. 최후의 대 타르시안이 소멸하는 순간이었다.

공격도, 방어도, 이동도 할 수 없을 만큼 거의 모든 기능을 잃은 트레이서가 한쪽 팔까지 떨어져나간 처참한 모습으로 쓸쓸히 우주를 표류했다.

미카코는 시트에 축 늘어져 눈을 감았다.

—노보루. 난 살아남았어.

감은 눈에서 눈물이 넘쳐흘렀다.

2056년 3월

사이타마 항공우주 자위대 기지

나는 택시 안에서 혼란에 빠졌다.

모든 것이 혼란스러웠다.

한밤중에 호출을 받았다는 것이.

함대 근무는 아직 멀었다는 것이.

기껏 집에 돌아왔는데 그런다며, 모처럼 모인 가족들에게 불평을 들었다는 것이.

게다가 행선지는 도내에 있는 국제연합 우주군 일본지부 사무국이 아니라 사이타마 항공우주 자위대 기지라는 것이.

그 중에서도 가장 혼란스러운 것은 TV에서 흘러나온 뉴스 속보였다.

시리우스에서 교전이 벌어졌다. 리시테아 함대와 타르

시안의 군단이 전면전을 벌였다는 것이다. 결과는 리시테아 함대의 승리였지만, 다수의 희생자가 나왔다고 한다.

행성 아가르타로부터의 첫 소식으로, 정보는 어지럽게 얽히고 있었다.

자세한 정보를 알기 위해 계속해서 뉴스 방송을 보던 중에 불려나왔다. 택시 안에서도 라디오 뉴스에 귀를 기울였다.

다수의 희생자라는 부분이 가장 마음에 걸렸다. 이어지는 속보를 통해 전 함대 중 리시테아 호만 무사하고 남은 9척은 모두 희생된 것 같다는 뉴스를 듣고 급격히 침울해졌다.

오늘 낮에 나가미네에게서 온 메시지를 받았는데.

공식적인 생존자의 이름은 아직 발표되지 않았다. 애초에 선발 대원 자체가 공개되지 않았으니, 국제연합 우주군 측에서 보고를 받고도 일반에 공개하지 않는 것일 수 있다. 다만, 살아남은 대원들 각자가 보낸 메시지로 정보는 얻을 수 있다.

그렇게 각 매체는 독자적인 조사로 생존자 목록을 발표

하기 시작했다.

귀 기울여 들었지만 미카코의 이름은 아직 없었다.

휴대전화가 울리지 않는 것도 마음에 걸렸다.

미카코의 모함이 리시테아 호였다는 것이 그나마 위안이 되었다.

기지에 도착하자, 본부 건물로 안내를 받았다.

이곳도 혼란스럽기는 매한가지로 호출을 받고 달려온 직원들이 우왕좌왕하고 있었다.

회의실 같은 곳으로 안내되었다. 스무 명 남짓한 직원들이 서류를 들고 이쪽저쪽으로 뛰어다녔다. 이곳으로 정보가 모이는 듯했다.

나는 불안한 마음으로 구석에 가만히 서있었다.

그보다 누가 소집 명령을 내린 것일까.

직원들이 나누는 이야기에 귀를 기울였다. 아무래도 구조하러 간다는 것 같았다. 리시테아 호의 구조 요청을 받은 국제연합 우주군이 긴급 구조대를 파견하기로 했다는 것이다.

무언가 이상했다.

지금 정보를 받았지만, 교전이 일어난 것은 8년 7개월 전이다. 이제 와서 구조대를 파견해봤자 너무 늦었다. 누구도 구할 수 없다.

그런데 가만히 들어보니 구조가 도움이 되는 경우도 있을 것 같았다.

운항할 수 없게 된 리시테아 함내나 위성 아가르타에 생존자가 남아있는 경우. 혹은 운항은 가능하지만 아광속 엔진에 문제가 생겨 태양계까지 도달할 수 없는 경우이다.

하지만 어느 것 하나 확실한 정보가 아니라 섣불리 움직일 수 없다.

정보가 정리되기 시작한 것은, 새벽 3시가 넘어갈 무렵이었다.

그제야 나를 부른 사람도 여유를 찾은 모양이었다.

"아, 그래. 자네가 테라오 노보루로군."

말을 걸어온 중년의 남성은 검은 제복을 입고 있었다.

혹시 미카코가 이야기했던 요원이 아닐까 생각했다.

예상대로 구조대의 일원으로 근무해달라는 말이었다.

"어디로 가게 됩니까?"

목적지를 묻자 아직 확정된 것은 아니지만, 일단 달 표면 베이스캠프에서 출발하게 될 테니 당장이라도 우주왕복선을 타고 가달라는 것이었다.

어째서 목적지를 알 수 없는지 그 이유를 묻자 난처한 표정을 지었다.

"시리우스의 전파 상태가 좋지 않다네. 리시테아가 아광속 운항으로 귀항(歸航) 길에 오른 것은 확실한 것 같네만, 노이즈가 섞이는 바람에 정작 중요한 목적지를 알아내지 못했어……."

"하지만 태양계 안이라면 거의 모든 위성에 기지가 있잖아요."

내가 물었다.

"그러면 다행이지만. 최악의 경우를 상정한 파견일세."

알 듯 말 듯한 대답이 돌아왔다.

"그럼, 다음 연락을 기다리면 되는 것 아닌가요?"

재차 물었다.

"리시테아 호는 벌써 출발했네. 아광속 운항에 들어가면 통신이 불가능하다는 걸 대학에서 배우지 않았나. 자네,

통신 기술자로 함대 근무에 배치된 것 아닌가?"

공연히 긁어 부스럼만 되었다.

어디로 가는지도 모르는 상황을 구조라고 할 수 있을까?

어쨌든 나는 갑작스럽게 달 표면 기지로 가게 되었다.

나는 쫓기듯이 발사대로 향하는 수송 차량에 태워졌다.

그때, 단 하나의 수화물이었던 휴대전화가 울렸다.

나가미네에게서 온 메시지였다.

2047년 9월

리시테아

미카코는 술렁거리는 소리에 눈을 떴다.

주위가 밝았다. 트레이서의 조종석이 아닌 것만은 분명했다.

"아, 일어났네. 괜찮아, 괜찮아. 누워있어도 돼. 특별한 외상은 없으니까, 일어나도 상관없고."

침대 옆에 있던 사토미가 말했다.

"아, 사토미 씨. 무사했군요."

미카코가 주위를 둘러보며 말했다. 리시테아 함내, 의료실인 것 같았다. 여러 개의 간이침대가 놓여 있었다.

"무슨 잠꼬대 같은 소릴 하는 거야. 무사하지, 그럼. 안 그러면 누가 네 트레이서를 회수했을 거 같아."

"그랬군요. 잘 기억이 나지 않아서."

"의료진이 놓아준 신경안정제가 너무 잘 들었나보네. 그래도 잊지 않고 약속을 지켜줘서, 고마워."

"약속이요……?"

어리둥절한 얼굴로 물었다.

"어머, 그것도 기억 안 나는 거야? 무사하면 제일 먼저 내게 연락하기로 했잖아. 나 정말 걱정했어. 스크린으로 네 움직임은 파악하고 있었지만, 마지막 결전 이후에는 아무리 불러도 응답이 없잖아. 어찌나 마음을 졸였는지 몰라."

"그게, 배터리를 확보하기 위해 통신회로도 차단했거든요……. 이제 정말 끝난 거 맞죠. 타르시안 개체가 남아 있어서 걱정했는데."

"회수하러 갔을 때는 정신을 잃은 후였으니까 기억 안 나는 것도 무리는 아냐. 네가 마지막 대 타르시안을 처치하자 모두 꼬리를 말고 어디론가 사라져 버렸어. 정말 고마워. 네 덕분에 이렇게 살아남았어……."

사토미는 그렇게 말하더니 입술을 꽉 깨물었다.

"리시테아를 지켜줘서 고마워. 리시테아 호까지 당했다

면, 정말 끔찍했을 거야. 그때는 로빈슨 크루소처럼 아가르타에서 살아남기 위해 애쓰며 지구에서 구조대가 오기만 기다려야 했을 거야."

사토미가 미카코의 손을 꼭 쥐었다.

"전 그저 살고 싶었을 뿐이에요. 몇 명이나 살아남았어요?"

"함대 승무원 중에서는 리시테아 호의 승무원들뿐이야. 트레이서 조종사는 다른 함대 소속까지 전원 회수해서 172명. 트레이서는 예비 격납고를 포함해도 130기밖에 넣을 수 없어서 아깝지만 파손이 심한 것부터 폐기했어. 물론, 네 트레이서도 포함해서……."

1,000명이었던 조종사가 172명만 남았다.

그 엄청난 피해에 미카코는 새삼 전쟁의 참혹함을 통감했다.

"우린 앞으로 어떻게 되는 거예요?"

"글쎄, 그건 총사령관이 결정할 일이지만 아마도 일단 퇴각하지 않을까. 임무가 끝난 건 아니지만 이런 상황에서 탐색을 계속할 수도 없고 말이야. 게다가 또 다시 그들을 만나면 똑같은 상황이 벌어질 것 아니야. 이번에도 전투가 벌어진다면 그때는 전멸하고 말 거야."

"그럼, 돌아갈 수 있을까요……?"

희망의 빛이 비치자, 미카코가 갑자기 들뜬 목소리로 물었다.

"아마, 그럴 수밖에 없을걸."

사토미가 어깨를 으쓱해보였다.

로코모프 총사령관이 직접 선발 대원들 앞에 나선 것은, 이례적인 일이었다.

설명회장으로 선택된 식당은 타 함대 소속 조종사들까지 한데 모여 만원을 이루고 있었다. 공간을 확보하기 위해 탁자는 모두 치웠다. 그래도 인원수에 맞게 의자를 놓지 못해 서있는 사람도 여럿이었다.

의료실에 있는 부상자를 제외한, 대부분의 조종사들이 참석했다.

미카코도 사토미와 함께 참석했다. 모르는 얼굴이 더 많았다. 다양한 국적과 인종의 젊은 여성들. 하나같이 전투의 피로감과 동료를 잃은 슬픔으로 침울하고 어두운 표정이었다.

"먼저, 이번 전투로 희생된 대원들의 명복을 빕니다."

로코모프 사령관은 회장을 둘러보며, 일본어로 말문을 열었다.

"또한 전투에 참가한 여러분의 건투에도 감사드립니다. 모두 잘 싸워주었습니다. 여러분의 분투 덕분에 함대는 승리할 수 있었습니다."

드문드문 메마른 박수가 나왔다.

"하지만 함대는 막대한 희생을 치렀습니다. 안타깝게도, 함대 임무를 계속하기는 매우 어렵게 되었습니다. 저는 함대 총사령관의 권한으로, 조속한 퇴각을 결정했습니다."

성대한 박수와 환호성이 터져 나오며, 식당 안은 크게 술렁였다.

미카코와 사토미도 손을 맞잡으며 기뻐했다.

"부상자 가운데는 일각을 다투는 중상자도 있습니다. 리시테아 호는 즉각 지구를 향해 귀환할 것입니다. 하지만 귀항에는 오랜 시간이 걸릴 것입니다. 이번 전투로, 리시테아 호도 경미하지만 손상을 입었습니다. 함체에 부담을 줄 수 있는 항법은 피해야 합니다. 그래서 우리는 지구에 구조 요청을 하기로 했습니다. 우리는 구조 신호가 지구에 도착하는 8년 7개월의 시간을 충분히 활용해, 지구를 향해 이동할 것입니다. 항법 컴퓨터의 지원으로, 시리우스와 지구를 잇는 선상에 있는 앵커 포인트 '시리우스 라인 *α*'까지 도달할 수 있는 것이 확인되었습니다. '시리우스 라인 *α*'는 지구로부터 2.1광년 거리에 있습니다. 따라서 우리는 6.5광년을 8년 7개월에 걸쳐 여행하게 됩니다. 또한 상대론적 효과에 의해 아광속 항법 중 함선 내에서의 경과 시간은 가속 · 감속 기간을 포함하면 약 4년입니다. 출발은 3시간 후. 우리 승무원들은 즉시 항법 준비에 들어갈 것입니다. 여러분들은 출발까지 자유롭게 보내시면 됩니다. 그럼……."

로코모프 사령관은 용건만 전달하고, 급히 식당을 떠났다.

스물네 살의 노보루에게.

열다섯 살의 미카코야.

분명 아가르타에서의 교전에 대해 들었겠지.

난 살아있어.

그리고 무척 행복해.

그토록 바라던, 지구로 돌아가게 되었거든.

이 메시지가 도착할 때쯤 나는 '시리우스 라인 α' 라는 앵커 포인트에 있을 거야.

그곳에서부터 지구까지는 아마 구조대가 데려가줄 거야.

드디어 만날 수 있어, 노보루.

노보루를 만나면 꼭 하고 싶은 말이 있어. 아주 오래 전부터 하고 싶었던 말.

하지만, 메시지로는 가르쳐 줄 수 없어.

리시테아 호는 이제 곧 출발할 거야.

스물네 살의 노보루는 어디서 무엇을 하고 있을까?

여행하는 4년 동안, 스물네 살의 노보루를 상상하며 하루하루의 무료함을 달래기로 했어.

우리가 만났을 때, 내 주관적 나이는 열아홉 살이야.

어떤 여성이 되어 있을지, 기대해도 좋아.

그럼 이만.

아직 열다섯 살의 미카코가.

2056년 4월

구조함

8년이라는 시간은, 짧고도 길었다.

특히, 과학기술 분야에 있어서는.

우주군의 달 표면 기지는 방위대학 시절 연수 과정에 두 어 번, 대학원 때는 세미나에 참가하는 교수를 수행하는 조수의 조수로 한 번 가본 적이 있다. 신형 코스모너트는 대학원생 때 교수를 수행하면서 처음 본 이후, 아직 1년도 지나지 않았다.

당시에는 격납고 벽을 따라 설치된 관광객용 견학 코스의 통로에서 내려다본 것뿐이라서, 왜 일반인 취급을 하며 함내를 보여주지 않는지 분해서 견딜 수 없었다.

그 신형 코스모너트의 승무원이 되는 꿈같은 이야기가 현실이 되었으니, 눈앞에서 실물을 보고 정신을 못 차린다

한들 누구도 비난할 수 없을 것이다. 함선에 오르기까지 2~3분쯤 솔직히 나가미네는 까맣게 잊고 있었다.

신형 코스모너트는 이전 함선에 비해 외관은 한층 작아졌지만 내부의 주거 공간은 훨씬 넓어졌다. 구동 장치가 대폭 개선되면서 소형·고성능화가 가능해진 것이다. 엔진 성능이 강해진 덕분에 자율 하이퍼 드라이브의 도달 거리도 비약적으로 향상되었다. 한 번의 워프로, 최대 3광년 거리까지 뛰어넘을 수 있게 되었다.

또 한 가지, 최신 기술이 있다면 코스모너트에는 아직 개발 단계이기는 하지만 초광속 통신 시스템이 갖추어져 있다.

통신 기술자의 보조요원으로 소집된 나는, 그 최신 통신 시스템을 접할 기회가 있을 것이라는 생각에 함선에 오르기 전부터 가슴이 뛰었다.

발함 준비를 마칠 때까지, 동승한 베테랑 승무원들을 소개받았다.

처음 탑승하는 사람은, 나와 일부 의료진 정도이고 나머지는 수십 번씩 태양계를 오간 고참들이었다.

기다리는 동안 유니폼과 갈아입을 속옷 등의 일상용품을 지급받고, 한스 슈타이너라는 독일인 선배 기술자에게 함내 안내도가 들어있는 소책자를 건네받아 함내 생활을 하면서 지켜야 할 대강의 규칙을 배웠다. 구조대로 파견되는 것인데, 가벼운 가족여행이라도 가듯 기분이 들떴다.

가만히 생각해보니 전날 밤 호출을 받은 이후로 한숨도 자지 못했지만 아드레날린이 솟구치는 듯 의식은 멍했지만 졸음은 오지 않았다.

출발 준비를 모두 마치고, 승선이 허락된 것은 그날 저녁이었다.

본래의 목적을 떠올린 것은, 달 표면 기지를 떠난 지 일주일 정도 지났을 때였다.

신형 코스모너트는 화성과 목성 궤도의 중간 지점의 하이퍼 드라이브 무규제 지역을 향해 순항했다. 구조대라도 안전 운항을 위한 규칙은 지켜야 한다.

그동안 나는 함내의 제반 사정과 업무를 배우느라 정신이 없었다.

선임자들은 내가 승무원 중에서 나이도 제일 어린 데다

순항 중에는 특별히 바쁜 일도 없다 보니, 신출내기인 나를 놀린답시고 온갖 허드렛일을 떠맡겼다.

함선과 승무원과 업무에 대해 어느 정도 파악하고, 선임자들도 흥미를 잃었는지 아무 때나 오라 가라 하는 일이 없어지면서 나는 드디어 본래 내가 있어야 할 장소, 통신실에 머물 수 있게 되었다.

리시테아 호의 소식이 궁금했다.

함교의 한 구획을 차지한 통신실은 함교에 집약되는 모든 정보의 일부를 타 부서보다 먼저 공유했다. 함선에 탑재된 모든 관측기로부터 수집되는 자료도 그 일부였다. 나는 리시테아 호의 현재 위치를 확인할 수 있는 정보를 찾기 위해 다양한 시도를 해보고 슈타이너 선배에게 묻기도 했지만 안타깝게도 이 함선에는 2광년 이상 떨어진 이동체를 확인할 수 있을 만큼 정교한 관측기기가 없었다.

어쩌면 예정보다 빨리 해후 지점에 도착해서 애타게 구조대를 기다리고 있는지도 모른다. 그런 생각을 하면, 아직 수습 기술자로서 이렇다 할 임무도 맡지 못하고 아무것도 할 수 없는 시간이 너무나도 길게 느껴졌다.

어디서 들었는지 선임자들이 나가미네에 대해 알게 되었다.

나는 또 다시 선임자들의 놀림거리가 되었다.

여자 친구 사진 정도는 가지고 있을 것 아니냐며 보여 달라고 떼를 썼다. 그런 것 없다고 거절했지만, 그날 중으로 나가미네의 사진이 함내에 쫙 퍼졌다.

사실 같은 함대 소속이니 보려고 하면 컴퓨터로 간단히 볼 수 있었다. 출력한 나가미네의 사진은 돌고 돌아 마지막으로 내 손에 도착했다. 아마도 입대 직후에 찍은 듯한 사진 속에서, 나가미네는 중학교 여름 교복을 그대로 입고 있었다.

사실, 나는 나가미네의 제대로 된 사진을 한 장도 가지고 있지 않았다. 중학교 졸업앨범의 학급 단체사진에는 앨범 편집 전에 사라진 나가미네의 모습은 없었다. 다른 전학생들과 마찬가지로, 같은 페이지 한구석의 작고 둥근 테두리 안에 부끄러운 듯 찍혀 있는 사진이 내가 가지고 있는 유일한 나가미네의 사진이었다. 아마 그 앨범은 부모님 집 서랍장 어딘가에 넣어둔 상자 속에 졸업장과 함께 잠들어 있을 것이다.

그러고 보니 방위대학 기숙사에 들어간 이후로는 졸업 앨범을 본 적이 없었다.

뜻하지 않게 나가미네의 사진을 마주하게 된 나는 적잖이 당황했다.

선명하게 찍힌 그 사진 속의 나가미네는 다소 긴장한 듯 굳은 표정이었다.

세월이 흘러 내 눈앞에 나타난 나가미네는 안쓰러울 만큼 어리게 느껴졌다.

이제 며칠 후면, 살아있는 진짜 나가미네를 만난다.

이 사진보다 몇 살쯤 더 성장한 모습으로.

오랜만에 본 나가미네의 모습에서 나는 지난 9년이라는 시간의 길이와 무게를 새삼 실감했다.

출발 10일째, 드디어 하이퍼 드라이브 무규제 지역에 도달했다.

첫 하이퍼 드라이브 체험.

어차피 신참인 내게는 함내에서 일어나는 모든 일이 처

음이기는 하지만, 하이퍼 드라이브는 그 중에서도 특히 신선한 경험이었다.

워프를 마치자 곧장 업무가 시작되었다.

리시테아 호의 현재 위치를 확정하는 작업이었다.

그리고 리시테아 호에 구조대 도착을 알리는 일이었다.

리시테아 호는 금방 발견되었다.

해후 지점 '시리우스 라인 α'를 향해 최종 감속에 들어갔다.

도착 예정일은 닷새 후. 리시테아 측이 보고한 운항 계획보다 사흘 늦은 도착이었다.

8년 7개월의 기나긴 여정으로 보면, 사소한 오차. 어쨌든 너무 늦지 않아 다행이었다.

예정일을 사흘 앞두고 마침내 리시테아 호와 통신도 가능해졌다. 리시테아 호의 함장 및 총사령관과 구조대장 사이에 활발한 교신이 오갔다. 구조 준비는 순조롭게 진행되었다.

조금 성급할 수도 있지만, 시험 삼아 나가미네에게 메시지를 보내 보았다.

나가미네가 있는 곳을 특정할 수 있으니, 틀림없이 전송될 것이다. 며칠 더 참아서 나가미네의 앞에 나타나 깜짝 놀라게 할 생각이었지만, 선임 대원들이 괜히 나서서 내가 이곳에 있다는 것을 들키기라도 하면 모처럼의 재회를 망칠 수도 있다.

나가미네에게

내가 보내는 메시지는 오랜만이라 분명 놀랐을 거야.

귀환이 결정되었다는 메시지, 받았어.

하고 싶은 이야기는 많지만, 다시 만날 날을 위해 남겨둘게. 실은, 나도 정말 오랜만에 쓰는 메시지라 어떻게 이야기해야 할지 잘 모르겠어.

나는 지금 스물네 살, 나가미네는 열아홉 살이겠지.

열아홉 살의 나가미네에게 어떻게 이야기해야 할지, 잘 모르겠어. 나가미네가 리시테아 호에서 줄곧 스물네 살의 나를 상상하며 기다린 것처럼, 스물네 살의 나도 짧은 시간이었지만 열아홉 살의 나가미네를 상상하며 보내고 있어.

내게는 9년 가까이 열다섯 살의 모습, 열다섯 살의 기억 그대로였던 나가미네가 갑자기 어른이 되어 돌아온다고 하니까 혼란스러운 것도 당연하잖아. 하지만 그런 건 아무래도 상관없어.

만날 수 있다는 것만으로도 기적이라고 생각해.

열아홉 살의 나가미네에게 어떻게 이야기하면 좋을지는 만나서 생각하면 되니까.

곧 다시 만나게 될 거야.

분명 깜짝 놀랄 만큼 가까이 있을 거야.

내게 비책이 있거든……. 테라오 노보루

노보루.

열아홉 살의 미카코야.

무료한 하루하루도 이제 얼마 남지 않았어.

어제 노보루의 메시지를 받았어.

나는 아직 리시테아 호인데, 어떻게 노보루가 보낸 메

시지를 받았는지 정말 이상해.

하지만 그 전에 뛸 듯이 기뻤어.

중학교 시절 같은 반이었던 열다섯 살짜리 여자아이가 보내는 메시지 따위, 스물네 살의 노보루가 진지하게 받아줄 리 없다고 생각했었거든.

내게는 너무나 짧았던, 열다섯 살의 날들을 9년 동안 참을성 있게 들어줘서 고마워.

스물네 살의 노보루에게는 미치지 못하겠지만 나도 4년의 시간만큼 리시테아 호 안에서 성장했어.

지금 나는 열아홉 살이야.

실은 어제 바로 답장을 하려고 했지만 나도 혼란스러워서 바로 답장을 쓰지 못했어.

노보루의 메시지, 수수께끼투성이였는걸.

최소한 지금 무엇을 하고 있는지 정도만이라도 쓰여 있었다면 스물네 살의 노보루를 상상하기 어렵지 않았을 텐데…….

게다가 비책이라는 것도 모르겠고 말이야.

내일 구조함을 만나게 될 거야.

그 준비로 나도 바쁘게 일하고 있어.

질문이 있어. 노보루는 열다섯 살의 미카코와 열아홉 살의 미카코, 어떤 미카코를 만나고 싶어?

나는 스물네 살의 노보루를 만나고 싶어.

구조대와 합류한 후의 일정은 아직 미정이야.

또 연락할게.

혼란에 빠진 열아홉 살, 미카코로부터

2056년 4월

시리우스 라인 α

테라오 노보루는 조금 후회했다.

172명의 수용인원을 쉽게 생각했던 것이다.

나가미네 미카코와 멋있고 극적인 재회를 상상했는데, 현실은 뜻대로 흘러가지 않았다.

함체를 도킹해 통용 게이트를 확보한 후, 본격적인 수용이 시작되자 젊은 여성들이 물밀듯 밀어닥쳤다.

방은 어디냐, 마실 것을 달라 등등, 젊은 노보루를 붙잡고 재미있어 하며 개인적인 요구를 해댔다.

두 시간쯤 지나, 부상자 이송을 포함한 조종사 172명 전원의 수용을 마친 듯 했지만 여전히 혼란은 잦아들 기미가 보이지 않았다. 신참이다 보니 통신 기술자 본연의 업무와 상관없이 빈 방을 안내해라, 함내복을 가져다 줘라, 세

탁물을 회수해라, 하는 김에 자기 어깨도 주물러달라는 등 선임들이 시키는 일도 도맡았다.

나가미네를 찾기는커녕 정신없이 함내를 뛰어다니느라 숨 돌릴 여유도 없었다. 물론, 그 혼란스러운 와중에도 나가미네가 아닌지 지나는 여자들의 얼굴을 하나하나 확인하기는 했지만…….

그런 노보루를 보고, 한 선배가 잠시 쉬라며 자동판매기의 캔 커피를 사주었다. 노보루는 순순히 통로에 설치된 자동판매기 옆에 있는 의자에 걸터앉았다.

—나가미네, 어디에 있는 거야.

맥없는 얼굴로 커피를 한 모금 마셨다.

나가미네에게 멋진 모습을 보여주려고 우주군의 새하얀 제복까지 차려 입었지만 어느새 바지 밑단은 구겨지고 지저분해져 있었다. 숨을 돌리려고 옷깃의 단추를 풀었다. 더 후줄근한 모습이 되고 말았다.

—급할 것 없지, 뭐. 함내에 있는 것은 분명하니까.

커피를 한 모금 더 마시는데 휴대전화가 울렸다.

역시 나가미네였지만, 이제까지와 달리 짧은 내용이었다.

노보루.

난 여기 있어.

비책이라니? 미카코가

깜짝 놀라 고개를 들고 주위를 둘러보았다.

"여기 있어. 노보루."

귀에 익은 그리운 목소리.

복도 끝에서, 이쪽을 바라보는 여성이 있었다.

간호대원 제복을 입고 있었다.

손에 든 휴대전화를 흔들어 보이며 천천히 다가왔다.

"드디어 만났네, 노보루."

나가미네 미카코가 웃었다.

"아아……."

쑥스러워서 눈을 마주칠 수 없었다.

"나가미네, 키 컸네."

뭔가 멋있는 말을 하고 싶었지만 머릿속이 하얘지는 바람에 아무 말이나 내뱉고 말았다.

"5센티미터나 컸어. 단, 몸무게랑 신체 사이즈는 비밀이야."

나가미네는 변한 듯 변하지 않았다.

노보루는 그제야 마음이 놓였다.

2056년 5월

계단 위

입대하자마자 일본의 황금연휴에 맞춰 휴가를 낼 수 있을 줄은 생각도 하지 못했다. 휴가 신청서는 내고 볼 일이다.

다만, 막 받은 첫 월급으로 지구행 우주왕복선 비용을 내느라 타격이 컸다.

함대 근무는 많이 익숙해졌다. 실은, 구조대가 돌아온 이후에는 신형 코스모너트를 탄 적이 없다. 달 표면 기지에서의 연수가 이어져, 함대에 오르는 것은 6월경이 될 예정이었다.

나가미네는 다른 선발 대원들처럼 일단 함대를 제대했다.

장래에 대해서는, 집에서 쉬면서 천천히 생각해보겠다고 했다. 또 함대 근무를 희망할 수도 있지만, 트레이서 조종만은 하지 않겠다고 했다. 로코모프 사령관이 나가미네의 실력을 높이 평가하며 그만두기에는 아깝다고 만류했다고 한다.

다시 만났을 때 간호대원 제복을 입은 나가미네를 보고 짐작했던 대로 다시 함대 근무를 하게 된다면 간호대원이 좋겠다고 했다. 아가르타에서 귀항하는 동안, 나가미네는 무료함을 달래기 위해 의료대원과 간호대원을 도왔다. 물론 자격증은 없었지만, 4년간 실무적인 내용은 완벽하게 흡수했다.

학교를 다니면서 의료 관련 자격증을 취득할까도 생각 중이라고 했다.

호적상의 나이는 스물네 살이었지만 주관적인 나이는 열아홉 살이었다. 무언가를 시작하기에 충분히 젊은 나이이다.

전혀 다른 이야기이지만, 제2차 타르시안 탐사대의 참가 대원 모집은 아직 시작되지 않았다.

계획을 재검토한다는 말이 들려왔다.

아가르타 전투에 참가한 나가미네의 보고가 계기가 되었다고 한다.

나가미네가 아가르타에서 본 환영, 그리고 '맡기고 싶다'라는 메시지를 어떻게 해석해야 할까……. 물론, 그 일이 나가미네 한 사람에게만 일어났다면 꿈이나 환청으로 여겼겠지만 전투가 시작되기 전 다수의 조종사들이 비슷한 체험을 하고 같은 메시지를 받았다고 한다.

아가르타에서 장렬한 전투가 벌어진 것은 사실이지만, 그들이 진심으로 인류와 싸우려고 했는지에 대해서는 의문이 남는다. 전투 내용을 기록한 영상을 면밀히 분석한 결과, 타르시안 측은 철저히 전투에 임하지 않았다는 것이다.

어쩌면 타르시안은 전혀 다른 이유와 목적으로 인류와 접촉하려했던 것인지도 모른다.

일부 보도 관계자들 사이에서는 애초에 시작이 잘못되었을 가능성이 있다는 말이 돌았다.

타르시스 유적의 폭발은 인류가 유적의 건드려서는 안 될 부분을 건드렸기 때문에 일어난 불행한 사고였던 것이 아닐까. 타르시안이 그곳에 있었던 것은 우연이거나 전혀 다른 목적 때문이었는지 모른다는 것이다.

타르시안의 공격이 있었다는 발표는 사고를 정치적으로 이용하려는 세력에 의한 날조 혹은 사실의 왜곡이었다…….

당시에도 이런 소문이나 보도가 있었지만, 법적 규제로 인해 취재가 제한되면서 진실을 밝혀내지 못했다. 이번에 또 다시 타르시안과 대규모 접촉이 있자 최근 십 수 년간 타르시안에 대한 대응 방식이 '잘못된 것이 아닐까?'라며 근본적인 재검토를 요구하는 목소리가 높아지고 있었다.

기자들의 면밀하고 열정적인 취재로 '사고설'을 뒷받침하는 당시 관계자들의 증언이 하나둘 모이고 있었다. 모든 것은 국제연합 우주군을 자국의 주도권 하에 설립 · 운영해 타르시안의 첨단기술을 독점해온 미국 정부가 꾸민 시나리오였던 것이 아닐까……?

오히려 '맡기고 싶다'라는 타르시안의 메시지를 말 그대로 해석하면 그들은 우리 인류를 머나먼 우주로 이끌었다는 것이 된다. 그리고 은하계 우주의 동료로 맞아들이려고 했던 것이다. 그런데 왜 그들은 우호적인 접촉을 시도하지 않았을까? 어쩌면 그들은 우호적이었는데 우리가 방어적인 태도로 지나치게 그들을 두려워한 나머지, 불행한 만남이 되어버린 것일까?

'어른이 되려면 고통도 필요하지만…….'

타르시안과의 접촉 그 자체가 인류가 어른이 되기 위한 시련이며 그 접촉으로 일어나는 혼란과 희생이 고통이라는 뜻일까?

그들이 초래한 시련을 극복했을 때 비로소 인류는 우주적 차원의 어른으로 인정받게 되는 것일까?

타르시안 탐사 계획을 재검토한 결과, 제2차 탐사대는 당초 예정보다 규모를 축소하고 목적도 주로 아가르타의 환경조사와 유적의 발굴조사로 한정하기로 했다. 명칭도 '제1차 아가르타 유적조사대'라는 절제된 이름이 붙여졌다.

진실은 아직 모른다.

전 세계 사람들이 여전히 비상체제 속에서 살아가고 있다는 것, 타르시안이 인류에게 위협적인 존재라는 것도 변함없다.

콘크리트 계단을 뛰어오르며 여러 생각들이 교차했다.

나가미네가 선발 대원으로 뽑힌 사실을 털어놓은, 여름날 해질녘.

아무리 기다려도 오지 않는 나가미네의 메시지를 기다리던 나날.

괘씸하게도, 연하에 예쁜 여자 친구를 차버린 가을 비 내리던 날.

마음을 닫고, 혼자 어른이 되겠다고 맹세했던 일…….

모두 이곳에서 있었던 잊을 수 없는 추억.

9년의 시간이 흘러 나는 9년, 나가미네는 4년의 시간만큼 성장했다.

서로 전혀 다른 환경에서, 다른 시련을 뛰어넘고 혹은 통과하며 제각기 어른이 되었다.

그리고 서로의 바람이 통해 기적처럼 우리는 우주에서 다시 만났다.

구조함이 달 표면 기지로 귀환하는 열흘 동안, 우리는 9년의 공백을 단숨에 메우듯 잠자는 시간까지 아껴가며 이야기를 나누었다. 수습 업무를 하는 틈틈이 선임들의 무리한 요구까지 들어주면서 겨우 해방된 짧은 시간 동안 둘만의 선내 데이트 장소를 찾느라 애를 먹기도 했다.

변함없는 것은, 나가미네는 이야기하고 나는 듣는 역할이라는 것.

처음 2, 3분은 어른이 된 서로와 거리감을 좁히지 못해 데면데면 이야기를 나누었지만 어느새 전처럼 자연스럽게 역할 분담을 하고 있었다.

오로지 듣는 역할에 충실하면서, 기분 좋은 음악을 듣는 것처럼 9년 만에 듣는 나가미네의 목소리에 귀를 기울였다.

우리는 달 표면 기지에서 헤어졌다. 나가미네는 우주왕복선을 타고 지구로 돌아갔다. 나는 기지에 남아 함대 근무를 계속했다. 긴급 호출로, 입대까지의 휴가를 전부 써버린 것이다.

한 달 만의 재회, 그것도 두 사람이 나고 자란 추억이 가득한 동네에서 업무나 잔소리꾼들의 방해도 없는 완전히 자유로운 하루. 약속 장소를 정하기는 했지만 아직 그 곳이 남아있을지 불안하기도 했다. 6년간 기숙사에서 지내며 이 길을 지날 일이 없었다.

하지만 계단을 다 오르자, 버스정류장의 대기소는 마치

우리를 위해 시간의 흐름마저 거역한 듯 고집스럽게 버티고 있었다.

6년의 시간만큼 낡아서 거의 폐가나 다름없는 모습이었지만.

아무도 없는 길에 선선한 바람이 불어왔다.

길가에 핀 민들레 솜털이 바람에 날려 하늘로 흩어졌다.

버스 정류장 앞에서 걸음을 늦추며 슬쩍 들여다보니 나가미네가 벤치에 앉아 기다리고 있었다.

초여름을 떠올리게 하는 원피스와 챙이 넓은 모자, 드러난 하얀 팔이 눈부셨다.

검도복이나 운동복도 아니고 교복도 아닌 사복 차림의 나가미네를 본 것은 처음이었다. 못 알아볼 만큼 어른스러웠다.

"어디 갈까?"

"편의점에서 아이스크림 먹고 싶어."

짐짓 어린아이 같은 말투로 말했다.

"중학교 때, 복습이야?"

"오늘 하루만. 그리고 내일은 고등학생 코스……."

나가미네는 자리에서 일어나 치맛단을 매만졌다.

"스물네 살의 노보루를 따라가려면, 시간이 필요해."

나가미네는 대기소에서 나와 걷기 시작했다.

시간이 필요한 쪽은, 나였다.

나는 열아홉 살의 나가미네를 따라가기 위해, 걸음을 내딛었다.

원작자후기

「별의 목소리」가 전해질 때까지

전철 고가 선로와 가까운 지금의 집으로 이사한 것은, 2000년 여름의 일이었다. 여전히 게임회사에서 근무하던 시절로 마침 「별의 목소리」의 첫 플롯을 쓴 직후이기도 했다.

새로 이사한 집 창으로는, 좁은 길을 사이에 두고 맞은편 맨션의 창문이 보였다. 아마도 여중생 혹은 여고생의 방인 듯 때때로 창문 앞을 지나가는 교복 그림자가 보였다. 그 방은 맞은편 맨션의 많은 창들 중에서 대개 가장 늦게까지 불이 켜 있는 방이었다.

밤늦게까지 불이 켜진 방을 보면, 나는 이미 10년도 더

된 학창시절이 떠오른다. 부모님께는 '공부한다며' 방문을 잠근 후 당연히 교과서가 아닌 심야 라디오 방송을 틀어놓고 외국의 SF소설을 섭렵하며 아득하게 펼쳐진 우주를 떠올리던 그 시절 그 시간. 가슴 속에 있는 동경과 불안 그리고 외로움 같은 감정들이 지금보다 훨씬 강하고 손으로 만져질 만큼 생생했다. 그런 야심한 시각이면, 학교 친구들이나 부모님에게서 들을 수 없는 무언가 소중한 '목소리'가 귀에 들려오는 듯했다.

첫 플롯을 쓴 지 1년이 지난 2001년 여름, 나는 5년간 다니던 회사를 그만두고 「별의 목소리」를 완성하는 데 전념

하기로 했다(모르는 분을 위해 덧붙이자면, 내가 만든 오리지널 「별의 목소리」는 25분 분량의 애니메이션이다). 회사를 그만두면서까지 이 작은 이야기를 완성하고 싶었던 몇 가지 이유가 있었는데, 한 가지 큰 이유는 이번에는 내가 심야의 고독한 시간에 '목소리'를 전하는 입장이 되고 싶다는 바람 때문이었다.

2002년 2월 최초로 공개된 애니메이션 「별의 목소리」는 다행히도 좋은 평가를 받았다. DVD도 기대 이상의 판매량을 기록하고, 이번처럼 좋은 기회를 통해 소설화까지 실현할 수 있었다. 처음부터 온전히 독립제작 작품으로 시작한 「별의 목소리」가 이렇게 많은 사랑을 받게 된 것에 깊이 감사한다.

이 글을 쓰고 있는 지금도 맞은편 창에는 아직 불이 켜져 있다. 저 방에 '별의 목소리'가 전해질지는 모르겠다. 단지, 나는 깊은 밤 창문을 통해 흘러나오는 불빛을 볼 때마다 '누군가에게 목소리를 전하고 싶다'고 간절히 바랄 것이다.

2002년 초여름

신카이 마코토

작가후기

담당자로부터 참고 자료로 건네받은 원작 애니메이션 「별의 목소리」를 처음 보았을 때, 나는 세 가지 점에서 놀랐다.

하나는 강렬한 전투 장면과 빛이 가득한 환상적인 배경 묘사와 같은 애니메이션으로서의 우수성. 또 하나는 그 애니메이션 작품을 온전히 신카이 마코토 씨 혼자 완성했다는 점. 그리고 나머지 하나는 시정(詩情)이 넘치는 완벽한 스토리.

외계인과의 첫 접촉을 바탕으로, 시간과 공간을 사이에 두고 점점 멀어져가는 소년과 소녀가 마음을 나누며 어른으로 성장하는 과정이 메인 테마. 말하자면, 초(超) 원거리 연애에 관한 이야기이다.

완벽한 SF적 설정을 이루고 있으면서 누구나 공감하고 즐길 수 있는 이유는, 휴대전화라는 지극히 일상적인 물건이 이야기를 이끌어가는 중요한 역할을 하고 있기 때문일 것이다. 다만, 문자만 가능하고 음성이나 영상을 보낼 수 없는 이 휴대전화는 현실의 원거리 연애보다 몇 만 배나 큰 구속력을 발휘하며 노보루와 미카코를 이어주고 또 갈라놓는다.

또 하나, 일상을 끌어들인 영화 속 장치는 미카코의 옷

차림이다. 중학교 교복을 입은 채 트레이서를 조종하는 다소 무리한 설정에도 불구하고 영상을 통해 보면 전혀 이상하지 않다. 오히려 미카코의 심경이 더 직접적으로 전해진다.

원작은 등장인물을 압축함으로써 단편 작품의 날선 감각을 보여준다. 소설화에 있어서는 그런 감각이 무뎌질 수 있다는 것을 알면서도, 최소한의 주변인물을 배치해 이야기를 조금 풍성하게 만들어 보았다. 지상에서 무기력하게 기다리던 노보루는 하루하루 흘러가는 일상에 매몰되어 평온한 인간관계에 물들어 간다(물론, 그럴 수 없어 마음을 닫아

걸기는 하지만). 그와 대조되게, 다른 세계로 여행을 떠난 미카코가 놓인 환경에는 남성이 배제된 강제적인 구속을 더했다.

또 원작에서는 두 사람의 목소리가 시공을 초월해 교차하는 장면에서 막을 내리지만, 이 책에서는 그 후에 이어지는 두 사람의 재회를 노보루의 비책과 함께 준비해 보았다. 쓸데없는 참견이라는 비난을 각오하면서 말이다.

……보조 해설은 이쯤에서 접어 두고, 소설판 「별의 목소리」도 즐겁게 감상해 주시길 바란다. 이미 어른이 된 당신도 애틋한 여운에 잠길 수 있다면, 마음속 어느 한 구석

에 여전히 중학교 시절의 순수한 마음을 간직하고 있는 것 이니까…….

끝으로, 팬의 한 사람으로서 원작자 신카이 마코토 씨의 왕성한 활동을 기대한다.

2009년 11월

오바 와쿠

별의 목소리 *The voices of a distant star*

2017년 7월 10일 1판 1쇄 인쇄 | 2023년 4월 18일 1판 12쇄 발행

원작 신카이 마코토 | 지은이 오바 와쿠 | 옮긴이 김효진 | 발행인 황민호
콘텐츠4사업본부장 박정훈 | 디자인 All design group
편집기획 김순란 강경양 한지은 김사라 | 마케팅 조안나 이유진 이나경
국제판권 이주은 김준혜 | 제작 심상운 최택순
발행처 대원씨아이(주) | 주소 서울특별시 용산구 한강대로 15길 9-12
전화 (02)2071-2018 | 팩스 (02)797-1023 | 등록 제3-563호 | 등록일자 1992년5월11일

www.dwci.co.kr

ISBN 979-11-334-5338-2(03830)